新 潮 文 庫

朝ごはんぬき？

田辺聖子著

新 潮 社 版

2567

朝ごはんぬき?

月末の神サン

一

私は、以前は月末が好きだった。勤めていた会社では、二十八日がサラリー日だったから。

そうして、ひと月のカレンダーが、日ならずして、めくられる、すると、まっ白い、新しい紙面があらわれるのだ。

いいことのあった月は、カレンダーをなるべくぎりぎりまで破らずにおいておき、悪いこと、いやなことのあった月は、早目にさっさと破って、新しい月に希望を托《たく》したものだった。

この月も、もうすんじゃった。

そう、思うのがしみじみしてよかった。

だが、女流作家・秋本えりか先生のところで働き出してから、月の終りは悪夢の日々となったのである。

しみじみと感慨にふけっているひまなんかなくなったのだ。

なぜかというと、えりか先生の原稿のしめきりは月末。二十八日、二十九日、三十日は修羅場なのである。大の月なら、三十一日も加わる。

（そして、三十一日のある月は、えりか先生は躍り上って『儲《もう》けた！』と叫ぶ）

お手伝い兼秘書、兼犬の散歩係の私でも、ヒステリーをおこしそうなのだから、ご当人はどんなであろうかと思うが、ご当人の先生は、そういうときほど、マニキュアに凝ったり、爪《つめ》ヤスリで磨いたり、人形の服を脱がせて洗濯したり、している。

べつに人形の服など、このいそがしいときに洗うことはなかろうと思われるのだが。

でもそのへんが、作家と凡人の違うところかもしれない。

私は三十一歳、明田《あけた》マリ子、独身である。

なぜ、女流作家の先生のところへ勤めるようになったかというと、そもそものはじまりは、前に勤めていた会社で、失恋したからである。

相手の人と同じ職場にいるのがいやになったので、ちょうど希望退職を募っていたときに、やめてしまった。

あるとき、高校のときの担任の先生（女性である）にあって、どこかいい就職口をみつけて下さいといったら、秋本先生のお家《うち》の住み込み、というのがあった。「住み込みというのが、今の若い人には向かないらしくて。それに、小説家、というので、よっぽど変人ではないかと、オソレをなすんでしょうね」

「変人ですか?」

「とんでもない。いい人よ。あれは、ユニークってもんだわ」

変人はみんな、ユニークだけどな。

でも私は、毎朝起きて地下鉄へ乗って、梅田の会社へ通う、という生活がほとほとイヤになっていたので、まだお手伝いさんの方がよかった。

高校の先生は、秋本えりか女史とクラスメートだそうである。とりあえず腰かけ的につとめることにして、先生に紹介して貰《もら》った。

秋本えりか先生は、わりにはやる大衆作家で、世間に有名である。

私は有名病患者ではないが、有名人に対する好奇心があったことは否定できない。秋本先生がものめずらしくて、働く気になった、ということもできる。

私は、かねてより秋本先生のことを何となく、大兵肥満の堂々たる女丈夫《じょじょうふ》の如《ごと》く考えていた。テレビの画面でも、椅子《いす》に坐《すわ》って正面を向いていると、枠にはいりきれぬからであった。

しかし現実にあうと、横幅はあるが、タテに甚だ短かく、もしテレビが立姿をうつしていたら、天と地がだいぶ余ったろう、と思われる。

顔は横にひろいウチワ型、目も鼻も口も小さいので、それぞれの位置に、小豆粒をおいたように見える。

オカッパアタマ、それに、顔は白すぎるくらい濃い白粉《おしろい》に、ルージュは緋《ひ》の色で、何だか平安朝のお姫さまみたい。

「じゃ、当分、仕事てつだって」

と秋本先生はいい、椅子にかけた足が床の絨毯《じゅうたん》へとどかないので、ブラブラさせていたが、その太い両脚は、赤ちゃんの脚みたいに輪が入っていた。

すべて私と正反対。

オカッパアタマは似てるけど、私は肩まで髪をのばしていたし、背はたかく肉付きは細いほうで、私はノッポの瘦《や》せっぽち、ジーンズやパンタロン愛好者である。

秋本先生にはご主人がいる。この人は会社員だということで、私は、秋本先生は独身とばかり思っていた。

そういえば、秋本えりかはペンネームで、本名は土井ヨシ乃《の》、ご主人は土井只雄《ただお》と標札に出ている。平凡な名である。

土井只雄氏は、一言で印象をいうと、半分寝呆《ねぼ》けた犀《さい》のような感じの男である。よく太っていて、実によく食べ、よく眠る人である。

どういう会社なのか、朝もわりあい遅く家を出、夜も、あんがい帰宅は早い。

犀という動物は、じーっと見ていると、よくも神サマがこんな醜悪なシロモノを作られたものだと感嘆して、その醜悪さに感動し、目を離すことが出来なくなる、そんな感じであるが、土井只雄氏も、醜男《ぶおとこ》のくせに、そういうへんな魅力があり、私は、（イヤミな男、きざったらしい男、剣呑《けんのん》な色魔、いばりたがりの男でなくてよかった！）

と思ったのだった。

住み込みで働く以上は、向うも気になるだろうけれど、私の方も、気にくわぬ人間と、一つ屋根の下で働くわけにいかない。住み込みだと、トイレへいく廊下の曲り角を、曲るうしろ姿まで見られる、そういうのを見られても平気な人でなければ、私はこまる。

夫妻のあいだには、一人娘のさゆりちゃんがいた。

これも、私には新知識であった。秋本先生は、私生活を公開しない主義の人らしい。

さゆりちゃんは、高校二年生である。おとなしい、口かずの少ない子であるが、両親のどちらにも似ないで、すらりとした体つき、でもどこか、淋《さび》しそうなかんじ。

用意した食事にはあまり箸《はし》をつけないで、自室へカップヌードルなんかもちこみ、ラジオを聞きながらひっそり食べているような子である。

ご主人の土井只雄氏が犀とすれば、この子は猫みたいなところがある。足音もたてずあるく。

しかし秋本えりか先生は、何にたとえればよかろうか。

えりか先生がまっ先にいったのは、月末の修羅場のことである。

「あんた、マリ子さん、ウソがつける?」

と先生は私にきく。

「そりゃ。大人ですもの。時と場合によっては任しといて下さい」

「あやしく語尾がふるえたりしたら、あかんよ。いい?」

「いったい、どういうウソをつくんですか?」

「きまってるじゃないの。原稿できましたか、ときかれたときに、できましたッていうんです」

「あとで困りませんか?」

「どうせ出来るのは出来るんやから、編集者たちによけいな心配かけなくてもええやないの――まあ、もうすこしすると、月末の締切がくるから、見てたらわかるわ」

えりか先生は、西瓜《すいか》を切ったような口で、にんまり笑った。

原稿の締切は、だいたい、どの社も同じである。何となれば、雑誌の発売日が同じだからである。

しかし私の思うに、何も昨日今日、締切がきまったわけではないのだ。何カ月も前から打ち合せてきめられてあるのだ。

だから、少しずつ書きためたら、月末、何社も抱えて苦しまなくてよい、と思うのに、えりか先生は、それまでの日を、ホカのつづきものを書いたり、座談会に出たり、あそびにいったりして、一向、仕事に取りかかる気配はみせない。

ご主人の土井只雄氏との仲は、可もなく不可もなし、というところ。完全に別々の生活をしていて、たまに、夜、顔を合すと、

「こんにちは」

「お変りなく」

などといっている。そうして土井氏は水割りを前に置き、ソファにもたれてじーっとテレビを見、えりか先生は書斎にこもって、手鏡をのぞきこんで、百面相をしたり、

「コーヒー持ってきてえ」

と私に叫んだりする。

それが、平和な日々の夜である。

二十七日ごろから先生はイライラし出す。

一日中、マニキュアをやったり、美容院へいったりして、迫りくる兇暴《きょうぼう》な運命の牙《きば》からのがれようと身をもがくごとくである。

電話がかかりはじめる。えりか先生は、出ない。本質は気弱なのである。

私に命じて、

「着々、すすみつつある、といいなさい!」

という。

えりか先生は、時計のネジをまいたり、老眼鏡(辞書を見るときは、それが要る年齢である)を磨いたり、さゆりちゃんと映画へいったりする。

二十八日も暮れる。

二十九日早朝、えりか先生は書斎をごとごとしている。いよいよ始めたかな、と思うと大掃除しているのである。

そのころも電話はひっきりなしにかかる。

みな催促の電話である。あるいは哀願の電話である。

恫喝《どうかつ》の電話もある。

「何べん電話しても、着々すすみつつある、ではこまります。ともかく、本人を電話口に出して下さい！　いるんでしょう、秋本さんはッ！　書くのか、書かんのか、どっちなんだ！」

私は震え上って、えりか先生にとりついだ。

先生は、

「イヤダ、イヤダ……」

と泣き出した。

「そんな怖い電話に出ないよう。デリケートな私のハートが破れてしまうやないの、精神の均衡を失うたら、書かれへんわ……」

「しかし、ともかく出なさい。明田さん困ってるやないか」

と土井氏がたすけ舟を出した。

えりか先生はしぶしぶ電話に出た。そうして青菜に塩、という如く、うちしおれて、ハイハイと返事をしていた。

その代り、電話をガチャンと切ると、えりか先生は、悪鬼の如き形相になった。

「おのれ、無礼者！　花の天才、大秋本先生に対し、許すべからざる暴言を吐いたな。おのれ。みていろ。あの出版社には筆誅《ひっちゅう》を加えてやるのだ。もう許せん。あいつは銃殺！」

それで、その勢いで書くかと思うと、まだ書かない。

さゆりちゃんの部屋へ視察にいく。

「お前、またカップヌードルを食べてるな。いまにお前のドタマの中は、カップヌードルが詰ってしまうよ、いいかげんロクなものが詰ってないのに！　そんな子、ママの子じゃない！」

そういう時にやってきた編集者は、気の毒である。

彼は、電話ではラチあかぬと、新幹線に飛び乗って、はるばるとやって来たのであるが、えりか先生のご機嫌が悪すぎるのである。

「何？　出来たところまで持ってくって。そんなぶざまなこと、いやですよ、あとが書けなくなってしまうじゃないの。あたしを信用しないの、間に合わすといったら合わすわよ。どうしてそうやかましくいうの、良心的な仕事をするならおそいの、当り前でしょ、あんた何年、この仕事してんの？　えッ。去年入社。そんな若僧を、よくよこすわねえ。——あのバカ編集長」

青年編集者は腹をたて、家を出ていくとき、花壇の横の犬小舎《いぬごや》に、キョトンとつながれている飼犬のペロを思いきり、けとばしていくのである。

ペロは何のことか分らず、卑屈に、ギャンギャン鳴きわめいていた。

私が応接間のお茶をさげていると、居間にいた土井氏がいった。

「明田さん、これからしばらく、うるさいよ……」

この「眠れる犀」氏は、外見に似合わず、わりに気やすく、口をきくのである。

「ハア。締切日って、たいへんですのね――でも、どうして、えりか先生はお書きにならないんでしょう」

私は、わりにベテランの事務員だったから、厖大《ぼうだい》な仕事を手早く、さっさとかたづけていくのに慣れている。

えりか先生を見ていると、いたずらに仕事に圧倒されてイライラし、何も手をつけないのが、ふしぎでならない。

「あれはねえ、神サンの下りるのん、待っとんねん」

と土井氏は、笑いながらいう。

「神サン」

「つまりなあ、小説は神サンが書かしてくれはる、思うとんねん」

「ハハア」

神がかり、ということは、一つの創作にはやはりあるのかもしれない。

これぱかりは凡人には分らぬ、芸術家の神秘である。

「インスピレーション、いう奴《やつ》やなあ」

「わかりました。それじゃ、毎日、何枚かずつ、書いていく、というのは無理ですわねえ」

と私は感心した。

「いや、プロやったらそうするのがほんまやろうけど、あのオバハンはまだアマやからなあ」

土井氏は、ソファの片端にクッションを置き、ゴロリと横になった。

「神サンのたすけでもからんと、あかんねんやろうなあ」

「新興宗教みたいですね。神サンが憑《つ》くとどないなりますか」

「やっぱり目の色変りよるで。キツネ憑きというのかねえ」

「早く神サンが下りればいいんですのにね」

と私は気が気でなかった。

えりか先生はその晩、水割りを三杯飲んで、早くから寝てしまった。やけくそ、という感じである。

気がついてみると、えりか先生のイライラに、家中おそれをなして、音をひそめているようだった。私は、さゆりちゃんがカップヌードルを猫のようにこっそり部屋へ持っていってたべ、土井氏が眠れる犀のようになってしまうのも、むりない、と思う。自衛手段なのである。

えりか先生と共に、神サンの下りてくるのを祈っているのは、辛《つら》いものなのである。

二

私は、家中で一ばん早く起きる。

端っこの部屋で、二方、窓なのでカーテンをしていても明るい。

しかし、寝過してはいけないから、目ざましを買った。

押入れのついた四畳半だが、昔ふうのタタミなので、あんがい広い。それに、板の間もすこしついており、持ちこんだ箪笥《たんす》など、そこへ置くこともできて、まずは快適な部屋だった。

すこし、タタミはいたんでいるけれど、窓は広く、七八十坪ほどの庭もみえたし。

さて、そこで目をさましてまず思うことは、一日一日と月末が近づくと、

(今日は、神サンが下りたかしら?)

ということだ。

えりか先生に、仕事の神サンが早くおりてもらわなければ、仕事は片づかないし、催促の電話はますます、きびしさを増すことだろう。

私は、神サンのズボンの裾《すそ》をひっぱって、早く、ひきずりおろしたいように思う。尤《もっと》も、神サンが女なら、スカートの裾だけれど……。

(神サンが下りる、下りる、というので、何となく私は、神サンが落下傘《らっかさん》のように、下界へ舞いおりてくるような感じをもっていた)

また、私は、はやくえりか先生に神サンが下りて、キツネ憑きのごとくなり、創作欲が勃然《ぼつぜん》とわき起って、滝のなだれおちるように書きすすむ、そんな光景を、見たい、という気もあるのだ。

要するに、どうも、私はすこし好奇心旺盛《おうせい》なところも、あるらしい。

実際、一本の手紙を書くのもおっくうな私にしてみれば(恋愛したときの日記や、ラブレターは別であったが)なん冊も本をかき、しかもその中身がそれぞれちがう、というのは、神技としか思えない。

はじめてえりか先生の家へ来たときに、そういったら、

「あたしも、そう思う。書き上ってしまうと、よくもこう書けたものだと、われながら感心して、涙が出るよ」

といっていた。本人がそういうのだから、他人はなお、感心するはずである。

「ほんとうに、うまいと思うもんねえ……」

時々、えりか先生は、自分の著作をひらいて、つくづく叫ぶ。

「なんべん読んでも飽けへんからねえ……」

そうして、あまり、自分の本を熱心に愛読するせいかどうか、えりか先生の書棚の一隅にある、全著作の本はみな、手垢《てあか》でページの隅が黒ずみ、まくれ上っている。

あれらの本はみな、「神サンが下りて」来て、書かせたのであろうか? とすると、えりか先生の神サンは、かなりいそがしく、くたぶれて、えりか先生が電話でよんでも、

（ほいまたか。ワシャくたぶれたよ）

といっているのかもしれない。

私の一日は、台所で、湯を沸かすことからはじまる。台所の炊事は、通いのお牧さんというおばさんがもっぱら受け持っているが、このおばさんは、十時出勤で、朝が

おそいのである。

それで朝食は私の担当である。

しかし、この家では朝食はほとんどない、といってもよい。えりか先生は、ミルクと半熟卵、土井氏はコーヒーと半熟卵、そして、さゆりちゃんは何も食べずに登校する。だから私の仕事も簡単なんだが、私は、自分ではゆっくりと、朝食をとる。

会社へ勤めていたときも、朝食は、わりにきちんと食べていた。いや、食べないと昼までもたない。ことに、寒い冬の朝など、おなかに暖かいものをずっしり入れておかないと、駅までの道ですら、冷え上ってしまうからだった。

だから、この家で住み込むようになっても、悠々と食事をするのである。使用者側が食べないのに申しわけないが、私はふんわりと焼いた、かんばしいトースト、かりかりにいためたベーコンに、ぽっと形よく落した卵、熱いミルクコーヒー、くだもの少々、といった朝食をとっている。

私がそれらをテーブルに並べたころ、「眠れる犀」のごとき土井氏が来る。氏はいつもコーヒーと卵であるが、じーっと、私の朝食に視線をあて、

「うーむ」

と唸《うな》る。

「美味《うま》そうやなあ」

「どうぞお上り下さい。私は、よろしいんです、あとでも」

「いや、せっかくのものを、わるい」

「イイエ、どうせ、ここのおウチのものですから」

「いや、私は、コーヒーと卵でよろしい」

という。私はその翌日、土井氏の分に、と作っておいた。土井氏は起きてきて、

「この二人分は、誰と誰やね？」

「旦那《だんな》さんと、私の分ですが」

と私は、自分の皿は、調理台の方へおき、土井氏のぶんを手早く並べた。

「どうぞお上り下さい」

「いや、要らん要らん。余分なこっちゃ、私はいつも、何年来、コーヒーと卵にきめとんねん」

と土井氏は白けた顔でいう。

結局、その一人分の朝食は宙に浮いてムダになってしまった。

私は、朝食は、洋食に限らない。和食にすることもある。御飯をあたためて、味噌《みそ》汁《しる》をつくり、漬物に梅干、というところで、ゆっくり、くつろいで箸をとる。

土井氏はまた来て、じーっと眺め、

「明田さんの料理は、じつにうまそうやなあ」

と鼻の穴をふくらませ、ふいごのような息を吐き、味噌汁の匂《にお》いをかぐ。

「どうぞ、どうぞ」

私はいそいで、氏のぶんをあわててつくると、

「いやいや、よろしい、いつものコーヒーと卵」

という。そうして、なおも、私の朝食を横目でみる。それで翌日、氏のために、お茶碗《ちゃわん》、お箸をそろえ、用意すると、「余分なこっちゃ」といって食べない。

結局、ヒトの食事が、おいしくみえるタチなのかもしれない。それで、私は、この頃は、氏が出勤して、お手伝いさんのお牧さんがくるまでの間、朝食をとることにしている。

土井氏は、わりにおそい出勤なので、台所へくるのはさゆりちゃんが一ばん、早い。この子は黙って来て、黙って冷蔵庫のドアをあけ、ミルクをとり出して飲む。

「お早う！」

とこっちからいわないと、決して自分からいわない子である。テーブルの上の百円玉を二つとり、風のように出ていく。

「いってらっしゃい！」

とまた、私はいう。二百円は、さゆりちゃんの昼食代である。

「お弁当、作ったげようか、お姉ちゃんが」

私はさゆりちゃんにいったことがあったが、

「いらない……」

と蚊の鳴くような声でいって、逃げていく。

「いいの、あの子は食堂でたべる方が好きなのよ」

えりか先生は、私にいう。

「作ってやっても残すし、ね。友達に食べさせたり、してるみたい」

しかし私が見るところ、さゆりちゃんは家へかえると、まるで餓鬼のごとくカップヌードルをひっつかみ、自分の部屋へ消えてゆく。

私は、どうもあの二百円は、まともに昼食代になることは少いんじゃないか、などと思ってしまう。でも、さゆりちゃんがどんな生活をしてるか、誰も、この家では本気に、気にしていないみたい。

さゆりちゃんの次に土井氏が起きてくる。

「今日は、先生に、神サンが下りるでしょうか？」

と私は聞きながら、インスタントコーヒーをかきまわすのである。

「さあ。ゆうべもよう寝とったようや。イビキがきこえとった」

締切が近づくと、えりか先生は仕事場で仮眠するが、たいてい、それは暁方《あけがた》までつづき、本眠になるのであった。

「では、まだ来てへんのですね。今日はもう、二十九日。今月は幸い、大の月やから、一日多いけど、もうあまり日にちがありませんね」

「あんまり、日のことを目の前でいうたらあかんで。ヒス起しよるさかい」

「ハハア。ではやはり、気にはしてらっしゃるのでしょうか」

「せめてもの一片の良心があるのやろなあ」

「何ンか、神サンが早う降りる方法はないんですか? たべものとか、着るもので気を変える、とか」

「ようわからんなあ」

そうして、土井氏と私は嘆息し、我々は、

「神サンの下りるのん待たんならんような仕事を、もたなくてよかった!」

と喜び合うのである。

土井氏の会社は、婦人子供服の既製服卸問屋であるらしい。神サンのおりるのん待

ってたら、

「じき、服が流行おくれになってもうて、商売にならへん」

と氏は、あはあは笑い、のんびりと、会社へ出ていく。九時半ごろ出勤しても差支えないようなポストというのは、氏が、重役でもあるのであろうか、それにしては、服装もかまわず万年古手の軽役《かるやく》社員というところ、てくてくと、バス停まであるいて、満員電車にゆられて出勤するのである。

えりか先生は、朝はやくから、机に向っている。仮眠か本眠か、ぐっすり眠ったので、元気のよい顔をしており、卵とミルクをとって、いまは、原稿用紙で、ツルを折っている。

（ハハア、まだ神サンが来ないんだなあ）

と私は観察する。先生は、しかし余裕綽々《しゃくしゃく》としてツルを折っているのではないらしく、せっかく出来上ったツルを、えいっと苛《い》ら立たしそうに吹きとばし、こんどは置時計のネジを捲《ま》く。

あんなことしてるうちに、一行でも書き出せばよいのに、とハラハラして見ていると、こんどは名刺の整理をはじめた。

「あ、名刺帳に収めるんやったら、あたしがします」

というと、先生は、かっかとした声で、

「人の世話やくよりかさ、あんたはお掃除してなさい!」

と、つんけんした声でいう。電話がかかりはじめた。先生は髪かきむしってわめいた。

「居ない、居ない、といって!」

私は悪人じゃないのだ。目の前にいるのにいない、ということはできない。エンマさんに舌抜かれたって知らんで、と思いつつ、

「先生はおるすです」

とあやしく語尾が震える。ほんとにいっそ、どこかへいってくれればよいのに、私は、目の前にえりか先生の才槌《さいづち》あたまを見つついう切なさ。

「ああいそがしい、いそがしい」

先生は四股《しこ》をふんで、家の中をのしあるき、ネズミの糞《ふん》がおちてるとか、ドッグフードを買わねばならぬとか、家事の手ぬかりを点検する。

来客がある。打ち合せておいたインタビューである。先生はそれをすっかり失念していたのだった。えりか先生が忘れているのだから、私にも知らされていなかった。しかしまだ神サンが来ていないから、といって追い帰すことはできない。向うはえりか先生の神サンに関係なく、打ち合せた時刻に来たまでである。かつ、東京からはる

ばるカメラマン同道でマイクを下げて来ているのに、追い帰したのでは、まるで新幹線へ乗りに来たことになる。

えりか先生は、「舞台衣裳《いしょう》」と称しているよそいきの服に着更《きか》えながら、ありったけのバリザンボウを吐きちらし、こういう、一分が何万円という時間の貴重なときにやってくる人間を呪《のろ》う。

しかし、相手はそんなこととも知らず、

「けっこうなお住居《すまい》ですなあ」

などといい、煙草《たばこ》を一本吸ってから本題に入る。小一時間くらいたって、やっと客が帰ると私は叱《しか》られてしまった。

「途中でお茶を入れかえたりしたら、よけい尻《しり》が長うなるやないのッ!」

すでに夕方である。玄関にまた、客がくる。

お牧さんが出て、「えりか先生のお客らしいよ」というので、私が顔を出してみると、背のひょろりと高い青年だった。

「秋本先生はいられますか?」

いられますが、神サンがまだ下りなくて、ただいま半狂乱なのだ。

「先生はお忙がしいので、予約のない方はお会いになりませんよ」

「ハア。僕、この先の三丁目に住んでる、武内、というもんです。あのう、おねがいがあって来たンスが」

「何ですか」

「小説、見て頂けませんか？」

「さあ。それは……先生に伺ってみませんと。いまちょっとおいそがしそうやし」

「じゃ、あとできいといて下さい。ともかく、置いていきます」

「こまりますわ、そんな……」

「いやいや、大丈夫です」

　青年はとんちんかんなことをいい、いったんドアの外に出たが、すぐボストンバッグを提げてはいってきて、土間においた。

　そうしてまた外へ出、また、はいってきたときは、さらに大きな、古ぼけた革のトランクを提げていた。

「これは、僕の著作のすべてです。心血をそそいで書きあげた小説の大作が詰ってます」

「まあ、こまりますわ、そんな大切なものをおあずかりしては」

「いやなに。この位のもの、すぐまた、書けます」

心血をそそいだにしては、手軽にいう。

「じゃ、明日にでもまた、来ます。よろしく。いや、僕、つい、そこの銭湯《ふろや》の隣のアパートにいるンス。近くですから、先生についでに寄ってもらって下さい。批評をきかせてほしいンス。まあ、何もありませんが、安酒ぐらいごちそうします。先生は、酒はダメですか？　粉末ジュースなら、買い込んであるスが」

青年はいいたい放題いい、じゃ、とあんがい人なつこそうな、かわいい笑顔を見せて、帰っていった。

私は、仕方ないので、えっちらおっちらとバッグとトランクを玄関へはこび、しかし、えりか先生に報告することは、おそろしくてとてもできなかった。

えりか先生は野獣のように廊下をあるきまわり、

「あーッ、盗作する人の気持がわかるわ！」

と叫んでいた。

それで私は、青年の原稿を思い出した。

「先生、銭湯《ふろや》のとなりのアパートにいる武内サンという人をご存じですか？」

私は、えりか先生が廊下をあるきまわっているので、うしろからついて歩いた。

「知らない」

「小説を持ってきてますよ、見てほしいんだそうです」

「追い返しなさい。ヒトのことどころやあらへん、こっちの頭に火ィついてる」

「いえ、もう帰りましたけど、原稿をいっぱい持ってきています」

「そんなものがいま読めると思うの? バカ」

えりか先生は、私が武内青年であるかのように声を荒くした。

私は、声を荒げるような人は、今まではきらいであった。私はそれに、声を荒げて叱られるような境遇ではなかった。他人から手荒に罵《のの》られたこと、「!」がつくような語勢で言葉を浴びせられたことなど、いっぺんもなかった。おまけに私に向って、

「バカ」

といわれたことなんか、小さい時に兄妹ゲンカして、兄にあたまをぶたれたとき以外には、たえて記憶がないのであった。

だから、かえって壮快で、おかしい気がした。

それに、えりか先生が「バカ」と叫び、罵り、声を荒げたのは、私に向ってではなく、まだ降りてこない神サンに対してであることがわかっていたからだ。少くとも、そう思わせるようなものが、えりか先生にはある。

そして、そういうふうに、まわりに解釈させるのは、えりか先生の人徳である。

　要するに私は、えりか先生に罵られても、いっこうに腹は立たなかったのである。

「ことわったんですけどね、置いていってます。カバン二つに詰めた原稿です。心血そそいだ大作ですって」

「ふーん。どんなもん、書いてんのやろ」

「アパートへ寄ってほしい、いうてました。批評をきかせてほしいんだそうです。粉末ジュースごちそうしますって」

「やたらと、そんなものあずかったらダメよ。読むひまないのに！　いまごろ見たら、影響受けてしまう。あたし釣られやすいからあかんねん。知らず知らず、盗作してしまうかもしれない」

「やっぱり」

「無意識の模倣、いうこと、あるからねえ――しかし、芸術家の誇りにかけても、そういうことはできません」

「尤もです」

　えりか先生は、また書斎にはいり、しばらく音もなく、私が台所にいて、仕事を終って帰るお牧さんとひきつぎをしていると、

「マリ子さんマリ子さん！」

とケタタマシク、えりか先生は呼ぶ。土井氏は「明田サン」と私をよび、えりか先生は「マリ子サン」とよぶ。そして呼んだら、待てしばしがない。

「さっきの、持ちこんできた原稿、どこにあるの? 気になるから」

私はトランクを二つ、提げてきた。

「どっちをあけますか? 好きな方を」

「どっちでもいい」

そこで、小さい方のトランクをあけると、原稿用紙が出て来たが、それらはまるで、トグロをまいたようにぎっしり重ねられてあって、どこからひっぱり出していいものやら、わからない。綴《と》じてあるのは麻紐《あさひも》で、紐をひっぱると、やっと持ち上ったが、上の一枚には、「下巻」とあった。してみると、このトランクの分は、つづきの分らしい。私は、大きい方のトランクを開けてみた。しかし、別のトランクの方の綴じた原稿にも「第二章」というのが、上の一枚にあって、どれも、「下巻」と「第二章」からはじまっていた。

「ほかにはないんですけどねえ、……へんですねえ。あの人、入れ忘れたのかしら」

私がと見こう見してしらべているあいだ、えりか先生は、職業的に馴《な》れた一べつを素早く、二、三枚の原稿に走らせていたが、

「あーあ、これでは盗作もできないではないか！　せめて盗作したくなるぐらいのものをかいてほしいわね！」

と腹立たしそうに投げた。盗作するつもりだったのかしら？

えりか先生の投げ出した原稿を、私が何げなくバラバラ繰ってみると、素人目《しろうとめ》にも、たいへんユニークな原稿であった。つまり、一枚の原稿に、三字ぐらいしか書いてないのがあると思うと、

「!!……！　！　！」

などというのが際限なく並んでいたりして、どう読むのか、理解にくるしむ頁《ページ》もあるのである。でも私は、小説ならびに文学には全くの素人であるから、もしかすると、こういう新機軸の小説が発明されたのかもしれない、何か崇高な文学上の理念が具象化されているのかもしれないと思った。それにしても、どう読めばいいのだろう。

もしかして、アブリ出シに文字が浮き上ってくるのだろうか。

隠し字、判じもよう、になっているのだろうか、私はじーっと目を皿のようにして、好奇心満々でそのページをながめたが、どうもよくわからない。

次のページには、

「？　？　？……」

が、三十くらい並んでいた。

これでは、えりか先生も盗作できないはずである。

三

晩ご飯になっても、さゆりちゃんは来ない。彼女の部屋は、一ばん端で、庭をはさんで私の部屋と向い合せである。呼びにいくと、彼女は、ドアにかぎをかけている。そうして長いことたって、開ける。

「晩ご飯よ、さゆりちゃん」

私は、お牧さんのいうように、彼女を呼んでいる。さゆりちゃんは返事しない子である。

「…………」

さゆりちゃんは叱られたように、大きな眼をおどおど見開き、部屋の中を、私に見せまいとするように戸口に立っていた。そうして、

「ご飯、いらない……」

とやっと小さくいう。

「あれ。また? 毎晩、たべないのねえ……。お牧さんもあたしも困っちゃうなあ。

何か、たべたの？」

「…………」

「カップヌードルたべたん？　そんなに、おいしいの？」

「あたし、ヌードルたべてる時だけが幸せよ」

さゆりちゃんは悲しげに、そういって、ばたん、と扉をしめた。ヌードル会社が聞いたら喜ぶだろうなあ、と私は思ったが、ＣＭならともかく、現実ではこまっちゃう。

電話が鳴り渡っている。私は走っていった。

走らなくたって、どうせ、わかっている。

東京からの催促の電話なのだ。書斎から、

「居ないといって！」

と、えりか先生は叫ぶ。しかしその電話は女の声である。しかも、

「土井さんはいらっしゃいますか？」

というのだ。まだ若々しい、歯切れのいい声である。えりか先生にかかってくる電話はいつも、秋本先生であって、土井さんと呼ばれることはないが、

「どちらですか？　旦那様ですか、おくさまですか？」

と私は聞いた。

「只雄サンです」

私がこの家へ住み込んで以来、土井氏に電話が掛ったのは、はじめてである。しかも若い女の声が、かなりの年輩の中年男を、

「只雄サン」

と呼ぶのだ。寝呆《ねぼ》けた犀《さい》のような土井氏をしたしみぶかく呼んでいるのだ。しかもその言い方には、かなり唇にのぼせ慣れた、という感じがあった。

「旦那さまはまだお帰りではありませんけど」

「あら、そう?」

と女はすこし落胆したようすで、

「では、よろしいわ、どうも」

と、そこそこに、という感じで切ってしまった。

「だれ?　だれから?」

えりか先生は、声はりあげてすぐ聞く。

いないといってくれ、という癖に、掛った電話は気になって、いちいち、その相手をたしかめずにいられないのである。

「旦那さまに、です」

「珍らしい！　誰っていった？」

「名前はききませんでした」

「男？　女？」

「女のひとの、若い人みたいでした」

「若い人？　二十一、二？　三、四？　五、六？」

そんなことをせんさくしているひまに、書けばよいのに、と私は思ったが、

「さあ、もう少し、としがいっているかもしれません、あんがい、口調がしっかりしてましたから、声は若いけど、ハイ・ミスかもしれない」

私は、自分がハイ・ミスなので、よくわかるのである。

ハイ・ミスは、ハイ・ミスを知る。

「ハイ・ミス！」

えりか先生は、ついに、万年筆を手に持ったまま、出てきた。

「きれいな声の子？」

「ええ、そうでした」

「只雄サン、っていわなかった？」

「いいました」

「やっぱり！　あれはねえ、ウチのオッサンに惚《ほ》れてた子よ」

「ハハア」

えりか先生は、さゆりちゃんに対してや、土井氏に面と向ったときは「パパ」とよぶが、私たちや、インタビューにくる記者に対しては「ウチのオッサン」である。

しかし私は、えりか先生が、べったらこの、まっしろけに白粉《おしろい》を塗り、赤く唇を染めて、いうなら古典的なお多福《たやん》の顔で、

「ウチのオッサンがな」

というと、ちょうど浄瑠璃《じょうるり》の人形芝居で、

「こちの人……」というように、古典的な感じにきこえる。

「ウチのオッサンの会社の子でねえ……」

「ハハア」

「結婚する、いうて会社やめたはずやけど、どないしたんやろ、今ごろ。——おかしいな。あれはもともと、ウチのオッサンと怪しゅうてね、第一、何でもない仲の人間が、『只雄サン』なんて呼びますか！　え！　そうやろ！」

えりか先生は、私が、そのハイ・ミスであるかの如《ごと》く、猛《たけ》り狂った。私は、賛成した。

しかし、えらいときに、ハイ・ミスの電話が掛ったなあ、とこまっていた。先生はまた当分、かんかんになって、そのことであたまが一ぱいになるだろうから、である。

「あの女はね、ぜったい、ウチのオッサンと何ンかあるねん、ちょっと美人で、気の利《き》いた子で、たちまわるのんうまい子でね。また、ああ見えて、オッサンはわりに女がようついて、さわがれるのです」

「まさか」

私はつい口へ出て、いそいで、

「――と、いうような人ほど、もてるものですわ」

といい直した。

「そうなんよ」

えりか先生は、いまいましくも誇らしそうだった。

「しかし、何でやろ!　今ごろ……」

電話が鳴った。えりか先生は、あわてて書斎へこもる。二度あり、二度とも東京の編集者の催促である。えりか先生は、じりじりと発火点へ向ってくすぶっているらしく、

「もうすぐです、いうといて!」

という声に、だんだん、陰にこもったパワーがひそんでいるような気がされる。それもこれも、まるで私まで、いっしょに生みの苦しみを共有するような気もちにさせられるからかしら? 神サンは、雲のあいだから、いよいよたらん、と足の先がみえてきたような感じである。

こうしてみると、やはり、せっぱつまった催促の電話のベルは、神サマ降臨を早める、陣痛促進剤なのかもしれない。

えりか先生は、食事を書斎にはこばせる。

持っていってみると、えりか先生は、まだ一字も書かれていない原稿用紙を前に、泣きべそをかいて、あかんべえをしたように、目は赤かった。

「あ、そんなたくさん食べられへん。もっと減らして! そんなにたべたら、お腹《なか》張って、頭、バカになって書かれへんやないの」

先生はつんけんいい、私はあわてて、御飯とオカズをへらしてくる。今日は白味噌のおつゆと、ハンバーグである。

「あんたはたーくさん、上りなさいね、べつに、ものを書くんじゃないから」

と先生は私をねぎらっていい、それは私には、アタマを使わぬ人間はバカになってもいいのだから、たらふく飽食せよ、というようにきこえる。

先生は一膳《ぜん》のご飯をたべ終えると、

「あのう、お漬物が残ったから、もう少うし……。ほんのすこうし、下さい」

といい、なんのことはない、減らした分だけ、またよそってもっていく。こんどは、きっと、「ご飯が残ったから、お漬物もってきて」というんじゃあるまいか、と思われたので、両方持ってゆくと、先生はきれいに食べていた。

三度めの電話が鳴った。私は、台所で一人食事をしていたので、いそいで走ってゆく。

電話は、土井氏であった。

「今夜は麻雀《マージャン》で、帰らんといて下さい」

「ハア。先生に代りましょうか?」

「いや、いや。どうせ、まだ神サンは来とらへんのやろ?」

「さあ」

土井氏が帰らなければ、よけい、神サンは下りないのではないか。何となれば、先生はあれこれまた、要らない心配をするだろうから……。

果して、土井氏の電話を告げると、えりか先生はかっかと怒り出した。

「陰謀です。ハイ・ミスと共謀してるんやわ!　二人はやっぱり、まだ切れてないのだ!」

電話が鳴ったので、私が出ると、こんどは、鶯塚《うぐいすづか》高校の先生である。

「土井さゆりさんのお宅ですね? さゆりさんは今日、試験なのに、お休みなさってますね。無断欠席になっています。お父さんかお母さん、いられますか?」

私が、えりか先生にそれを伝えにいくと、えりか先生は、

「いま、仕事で忙がしいといって!」

と叫んだ。

そうして、ほんとに、猛烈に書きはじめたのだ。神サンが来たらしい。

私はやっとわかった、えりか先生は、お尻に火がつくと、やっと神サンのくる人なのだ。

えりか先生は、戸を閉めてヒソとも音がしない。

でも、書いている気配は私にもわかる。ペンを置く音、原稿用紙の天糊《てんのり》をはがす音、(これは、傍若無人な音で、景気よく高らかに、苛立たしげにひびく)ヒトリゴト(らしきもの)……活気ある咳払《せきばら》い。

その部屋からは、何となく熱気が感じられる。

私は、先生のようすを見たくもあり(なぜ私はこうも好奇心が強いのだろう!)か

つどのくらいまでできているのか、どこの分をかいているのか、（先生は、催促の電話から察すると三つぐらいのしめきりを抱えているようである）知りたくもあって、（応対の仕方も、それでちがう）そーっと、部屋の戸をあけた。

先生は唇をとがらし、童女が拗《す》ねたような口もとになって書いていた。

そうして、前かがみになり、槌《つち》の形に似たあたまをかしげて、体を傾むけ、せっせと書くのであった。その万年筆の握りかたに、何だか子供時代をほうふつとさせるものがあって、それは、思わず、微笑《ほほえ》みをさそわれる、といったていのものだった。えりか先生の小学生時分は、たぶん、こんなものだったろうと思われるような、無我夢中で無心なさまが、私にはおかしかった。

体のまわりには、原稿用紙や本や雑誌が散乱していて、えりか先生の指の先は、インクで汚れていた。

「お茶でも淹《い》れましょうか？」

と私は、おずおず、声をかけた。

狐《きつね》つきというか、「神サンが降りてはる」状態というか、そういうときのえりか先生は（いまはじめて発見したけど）たいへんマジメで、かえってこんなときのほうが、常人というかんじである。

「要らない。ありがとう」

とえりか先生は夢中でいい、しかし、その声は意外にもおだやかである。要らない、といいすてたのではそっけないと思ったのか、ありがとう、と言い添えたらしい。それは私の気づかいに対するねぎらいであるらしかった。

そんなことにまで気がまわるところ、先生の精神は、こういうときの方が正常《まとも》にはたらいているようであった。

私はそうっと首をひっこめた。この際、正直に告白すると、私は、すこし、がっかり、したのである。「神サンが降りはる」ということばに暗示されたわけでもないが、私は何となく、先生がじーっとペンの先をみつめ、するとペンがひとりでに、コックリサンのように動きまわるとか、先生が両手を合せて髪ふりみだして拝んでいると、原稿用紙にふしぎや、スラスラと字が並んでいく、といった、超自然の機能を期待していたのである。しかし、奇蹟《きせき》は起らなかった。先生はヒタスラ、枠の中に一字ずつ、自分の手でもって埋めていたのである。

いや、あんなにギャーギャー叫んでうるさくさわぎまわっていた先生が、ピタリと凪《なぎ》のようにしずまり、セッセと書いている、そのこと自体が奇蹟かもしれないが。

それにしても、一字ずつ書くなんて作業は、私からみると、気の遠くなるような苦役である。私は、そんな職業を持たなかったことを感謝した。熱いココアをつくって台所で、ひとり悠々と飲む。

そうして音をしぼって、小さなカラーテレビを見る。極楽である。この上の欲をいえば、そばに、私の好みにあった好青年でもいてくれれば楽しいのだが、そうなるとまた、わずらわしいことがいろいろ起きるであろう。

私は失恋後遺症というのか、恋がはじまるときの、あのドキドキするやりきれなさ、そうして相手の心変りを察知しはじめたときの、ハラワタの煮えくりかえる腹だち、(私は、思う通りにいかないと腹の立つ女である) そんなものを、もう回避したい気になっている。

だから、好きになったりしても、話あいてだけで、おいときたい、と思うのである。

当分、恋人をつくる気はなかった。

戸じまりを見てまわって、入浴した。風呂《ふろ》から出ると面白そうな雑誌を、先生にきた郵便物の中からよりわけて、ぬき出してやる。

電気ストーブで部屋があたたまっていた。

パジャマのまま、私はクリームを顔にすりこんでいたが、ふと、話し声がきこえる気がして、窓のカーテンを払った。

ガラス戸の湯気を指で拭《ふ》いて、暗い庭に目をこらすと、向いのさゆりちゃんの部屋に灯がついており、その窓で、話し声がしているのだ。

玄関の扉《ドア》はしまっているはずなのに、友人が来ていたのだろうか。

木々の繁《しげ》みをすかして見ると、さゆりちゃんの窓が開き、黒い影があらわれ、見る間に地面にひらりと飛び下りた。

遠くに水銀燈《すいぎんとう》があるので、おぼろげに姿がわかった。背のたかい、ほっそりした少年である。

その足もとにペロがすり寄って、しっぽをちぎれるほど振っているが、ワンともスウともいわない。この犬は雑種で、人なつこいが、人なつこすぎるのが欠点で、すこし、あたまがわるい。あやしい人影を見ても、じゃれつくような犬だから、泥棒を見てもしっぽを振るかもしれないが、でもどうやら、ペロの様子だけでなくても、その人影は、この家をたびたび訪問しているような、気安さがあった。

それも、窓からの訪問をくりかえしているような……。

第一、その証拠に、さゆりちゃんが、窓から手を出して、五本の指をぱっとひろげ、

「バイ」

といったのが、ハッキリ、見えたんだ。さゆりちゃんはセーター姿だった。

男の子はスタスタと庭を突切り、見ていると、二メートルぐらいの塀に飛びついた。これはブロック塀だが、ところどころ、穴のあいたブロックが嵌《は》めこまれているので、足掛りがよいわけである。そうして忍者みたいに身軽に、塀を越え、姿を消した。

あれは、友人の高校生だろうか。このごろの高校生って、何をしているかわからない。

いや、私は、さゆりちゃんと高校生が何をしたか、ということに関心をもっているのではない。

こんな、夜の訪問の仕方を、親の土井氏もえりか先生も知らないんじゃないか、ということだ。親子って、いったいなんだろうか。

やっぱり、私は、結婚するのは止《よ》そう。結婚して、子供を持ったら、またこんな煩《わずら》わしいことが起きるのだ。

四

朝まで、えりか先生はずっと仕事をしていたのかどうか、少くとも八時すぎには居眠りしていた。

「お早うございます。できました?」

と私が戸をあけると、先生は跳ねおき、

「うるさい！　いちいち、あけないでよ」

と叫んだ。

机の上の原稿用紙は、また白紙が積んである。先生は途中で、書けなくなったのかもしれない。

「今朝はできそうでしょうか？　午後、取りにくるのに、かかっていられるんでしょうね？　午後は『満載小説』がこられる予定ですが。明日は『小説山盛』に航空便で送らないと、もう校了だそうです」

しかし、私はシロウトであるゆえ、校了がいかなるものか知らないのである。知らないけれども、「小説山盛」の記者が泣きそうな声を出して、「校了です」というから、たいへんな事態であることは察せられるのだ。

「ようし、もう山盛でも満載でも、テンコ盛りでもかめへん、取りにこい！　もうこうなったら、やけくそや！」

と先生は、そそけだった髪をかきむしった。

と、手に残った抜毛にふと興味をそそられた風情《ふぜい》で、

「あー、また抜けた」

と先生は抜毛をかぞえ出した。

そこへ、さゆりちゃんが、鶯塚高校の制服を着てあらわれた。紺のスーツで、スカートは前とうしろに一つずつ、ヒダのある、平凡な制服である。

「ママ……お金。参考書と、来週、学校からいく映画代とで七百円ちょうだい」

さゆりちゃんは、ほそおもてで、すっきりした日本風美女である。えりか先生にはちっとも似ていないし、土井氏にも似ていない。

えりか先生に似ているといえば、色の白いところであるが、しかし、えりか先生は、やたら、まっ白けに白粉を塗りたてる人だから、地色のほどはわからない。いまは、先生は白粉がまだらに剝《は》げて複雑な顔色になっていた。

「うるさい、パパにもらいなさい!」

先生はいった。

先生は、お金を一手に握っているが、いつも部屋中、本と原稿用紙で埋まっているので、ハンドバッグをみつけ出すのはたいへんなのだった。それゆえ、お金をもらいにいくと、いつも不機嫌になる。それは、けちんぼだからではなくて、仕事を中断されるのが不機嫌の原因なのである。

その証拠に先生は、お金を無造作につまみ出し、ろくに勘定もせず、ありったけを

渡したり、するのである。さゆりちゃんは小声で、

「パパ、いないもん……」

「そういうことは前の晩にいっとくもんです！」

えりか先生は叫び、腹立てて手あらくそのへんをはねのけ、やっとのことで、本と手紙の束と辞書の下から、ハンドバッグをひきずり出した。そうして、

「なんぼ！」

と鬼のような顔をして叫び、さゆりちゃんでなくても、私でも、そんな顔をみれば（もう、けっこうです）といいたくなるであろう。

しかし私の見るところ、先生は、さゆりちゃんに金をやるのを惜しむのではない、途中で書けなくなったから、イライラしているのである。

仕事なかばで、用を思い出して帰ってしまった神サンに向って、怒りを投げつけているのである。

私にはそれがわかったけれども、さゆりちゃんに、わかるかどうか。

「七百円か、百円玉はない！　千円でおツリもってきなさい！　きっともってくる！」

えりか先生はそういい、千円札をわたす。

さゆりちゃんは、それをかすめ取って、風のように出ていくが、それは釣りなど渡したことがない、と想像させるようなうしろ姿である。

先生は、土井氏のことを思い出したらしかった。

「あのオッサンは、ゆうべほんとに帰らなんだのか、けしからん」

といい、

「なまいきな！　なにが麻雀や！」

そうじて、えりか先生の語調に「！」がついているときは、まだ神サンが降りてないときである。「満載小説」の記者が、受けとりにあらわれるまでに、出来上がればいいんだがなあ、と私は今から、胸が痛くなる。

お牧さんが来ていて、台所でコトコト音たてていた。

「きのうは、あれから娘のところの孫がヒキツケ起して、呼ばれてねえ……」

お牧さんは、のんびりとそんな話をする。

「たいへんやったよ、何ぞというと、呼びにくるんやからねえ……」

しかし何が大変といって、「神サンの降りてこない」えりか先生、及び、その苦しみをそばでハラハラして見ている私の方が、大変なんだ、と思ったりする。お牧さんは、えりか先生のしごとには何もタッチしていないので、気楽で泰平な顔をして、お米を磨《と》いでいた。

土曜なので、一時すぎに、土井氏が帰ってきた。この人は、自分ひとりで、着更えをし、女の手をとらない人である。寝呆けた犀だから、スローモーな動作であるが、性質は几帳面《きちょうめん》だとみえ、ちゃんと服をハンガーに吊《つ》るし、はきかえたズボンは、折って、衣裳箱《いしょうばこ》に入れている。

私の父や兄がしていたみたいに、脱ぎ捨てたままの恰好《かっこう》でそこへ置いて、噴火口が二つ並んでいる、そんな物臭なことはしない。

そうして、私に、あごをしゃくって、

「神サンは降りましたか？」

ときいた。

自分の女房だから、部屋をのぞきにいけばよいのに、と思うが、土井氏は、

「いや、部屋の戸ォあける、思《おも》ただけで、おっくうになる」

という。

「ハハア。なんでですか」

「神サンが降りてはるときは、邪魔したらいかん、思うし、降りてなかったら、夜叉《やしゃ》みたいな顔しとるし……まあ、どっちにしてもさして、顔見たい、いう女房《よめはん》でもない

からねえ。アハハハ……」

顔をみたくもない女房のいる家へ帰ってくる男って、索莫《さくばく》としたものだなあ、と私は考えた。

結婚って、何のためにするのやろうか。

私は、やっぱり、結婚なんか、よそうと思う。

土井氏は、上衣《うわぎ》のかくしから、マッチと煙草をとり出し、テレビの前に坐《すわ》った。

私は、お茶を淹れて持っていく。

ついでに、女のひとから電話があったことをいった。けれども、さゆりちゃんの学校からの電話や、まして、ゆうべの男の子の訪問は、いわないでおいた。それは私の仕事の範囲外だと判断したからである。

「あ、そう」

と土井氏はうなずき、なんの感興も顔色に出さない。「オッサンと怪しゅうて」とえりか先生がいっているような雰囲気はないのだ。

ところが、一時間ばかりして、また、その女性から電話が掛ってきた。公衆電話である。

「只雄サン帰ってますか?」

只雄サンは、のそのそと立ってゆき、

「ああ、そうか、……うん、うん、……そんなら」

と短かい返事を与えていた。

すむと煙草を消して、せっかくかえた服をまた着た。犀のような眼がいきいきしている。

「お出かけですか?」

「うん、晩めしは要りません。ひょっとするとおそくなるかもしれへん」

と、土井氏はいそいそと出ていった。

私は、結婚や夫婦について、いろいろ考察しているヒマはなかった。土井氏と入れかわりのように、「満載小説」の記者が来たからである。

これは、前に「新入社員」と罵られたような青年ではなく、三十五、六の壮年の男である。

レインコートを着たまま、玄関にしゃがんで、ペロに「お手」をさせていた。私が出ていくと、色の黒い顔をあげて、にっこりした。

「まだできてないでしょうな、そうでしょう、そうでしょう。僕、下着をたくさん持ってきてますから、大丈夫です。今日から泊りこみます」

「満載小説」の編集者は、この家の勝手がよくわかってるようであった。ズカズカあがって、先生の仕事場をあごでしゃくり、

「まだ出来てないみたいですか?」

という。

先生が「満載小説」のを書いてるか、「小説山盛」のを書いてるか、私にはわからない。どちらかを書いてるにちがいないが、双方ともいつまでも仕上らぬ所をみると、双方平行して書いてるのかも。

そうしてこれは私の想像だが、えりか先生は、電話のあった方のを、あわてて書く。「満載小説」と「小説山盛」は交互に電話してくるので、どうやら交互に書くことになるのではあるまいか。

「まだじゃないんですか?」

と私はいって、応接間に案内した。

「あなた、新しい秘書の方ですか」

と男はいい、かくしを探って、私に名刺を渡した。「満載小説」編集部、有吉太郎、とある。

「どうぞよろしく」

と私がいって下ろうとすると、彼は呼びとめて、拇指《おやゆび》を出してみせ、

「コレは？　るすですか」

土井氏のことにちがいない。

コレ、というからには、かなり親しい仲なのだろうか。私が、ご主人はるすで、今晩おそくなられるかもしれない、というと、彼は残念そうだった。

「そうかア。今日はゆっくり遊べると思ったのにな、いや、碁仇《ごがたき》なんですよ。じゃしかたない、氷と水ください」

「は？」

「ご主人の帰られるまで、飲むとすッか」

有吉氏はしゃがみ、本棚の脚のあいだから、ダルマの瓶をひっぱり出した。そんなところにかくしてある、なんて、私も知らなかった。お掃除はくまなくしてるつもりだったけど。私が目を丸くしているのを見て、

「へへへへ」

有吉氏は照れて、くしゃくしゃのハンケチで、壜《びん》の埃《ほこり》を拭きつつ、

「ここに置壜してあるんですよ。どうぞおかまいなく。いや、えりか先生の尻《しり》を叩《たた》くのは慣れていますからな。それから納戸《なんど》がありますね、東の隅に」

「はい」

「僕、あそこへ泊りますから、蒲団《ふとん》を敷いておいて下さい。いつでも眠れるように。すみませんが、枕元《まくらもと》には灰皿と水。今夜のめしは、お気づかいなく。僕、外へ出て食べます」

「でも」

と私はためらった。先生が、いつもどういうもてなし方をするのかわからないので、

「そうですか、じゃご勝手に」といいかねたのである。

しかし有吉編集者は、新参者の私より、この家、ならびにこのへんの地理にくわしいらしく、

「いや、駅前まで出たら、おいしいラーメン屋がありましたね、『豚珍軒』かな、ラーメン定食というのが、腹がふくれていい。『更科《さらしな》』のきつねうどんもたのしみだし……『魚よし』の大阪ずしもいい。電話借りて出前してもらってもいいですし、僕のことはご心配なく」

「ハア」

男はわりに闊達《かったつ》というか、あつかましいというか、見ていると上衣を脱いでネクタイもゆるめ、

「さて、と」

と、サイドボードを勝手にあけてグラスを取り出し、くわえ煙草《たばこ》のまま、酒をついで、私に催促した。

「すんません、水と氷。いや、つまむものは、いいです。この際ですから、そうあつかましくお願いできません、遠慮します」

そういわれると、やっぱり何か見つくろって出さぬわけにはいかない。

五

「またジャガ芋が来たのね」

えりか先生は、手洗いに立つついでに、台所をのぞいて私にいった。ジャガ芋というのは有吉太郎編集者に先生がつけたアダナらしい。

そういえば、顔がまるく肉厚で、造作のデコボコしたところ、また、どことなく野暮ったく土くさいところ、何となく、ジャガ芋の感じである。先生はあまり好感を持たぬらしく、

「石をぶっつけたジャガ芋、という奴《やつ》よ。しかも、あいつは、ふかしても茹《ゆ》でても、芯《しん》が固くて食えぬ、というジャガ芋」

えりか先生はそういい、

「あー。早く書いて追い払おう!」

と蒼惶《そうこう》と仕事部屋へ入る。

ジャガ芋編集者が入れちがいにトイレへいき、出て来ると応接間へいかず、勝手知ったる仕事部屋へくる。私は、先生の仕事中、ドアをあけると叱《しか》られますよ、と注意しようとしたが、さすがに、そのへんの呼吸をのみこんでいるのか、ジャガ芋は、廊下の外から大声をはりあげ、

「先生。僕です。有吉です。只今《ただいま》、参上つかまつっております」

「わかってますよ」

えりか先生のいら立たしげな声がきこえる。

「ウチのを書いて頂いてるんでしょうか」

「そう」

先生は、なるべく返事を出し惜しもう、というようにみじかく答える。

「いま、何枚まで書けましたか?」

「二十枚」

「ハハア、すると、十枚ですな」

先生の返事はない。

「と、すると、明日の今頃——いや、もっと掛りますかな、しかし明日中にはあがるでしょう、明後日早朝、というのが堅い所かな」

ジャガ芋氏は、自分で問い、自分でこたえ、自分でうなずき、

「では、がんばって下さい、僕もがんばります」

何をがんばるんですか、と私が冗談でいうと、有吉編集者はまじめな顔で、

「待ってる方も大変なんですぜ。心の内はやっさもっさです。精神的に、作家先生方のアッシスタントランニングしてるんです、こう見えて、僕も必死なんです」

と、応接間へもどり、氷片をつまみ上げてグラスに入れ、

「必ずや、僕の誠意の一念が凝って、先生のペンに精気を宿らすでありましょう」

といいつつ、口とはうらはらに楽しそうな表情でウイスキーをそそぐ。

「いや、しかし何ですな、えりか先生はいつも、十枚しか書いてなくても、二十枚という。先生が十枚といえば、五枚しか書けてないのだ。そこんところが、何ともかわいい」

といいつつ、彼は更にたのしそうな顔で、グビッとグラスをあおいで、飲んだ。

「やっぱり、えりか先生も女なのだ。少しでも編集者にショックを与えまいと心を使

い、おのが希望的観測、かくあれかし、という心だのみを、ツイ、心にもなく、いうのです。やはり、女性は、やさしく、本質は気弱なんですな。いや、作家というものはデリケートなのです。たとえばほかの先生も……」

私は、編集者の話が面白かったので、つい、そこへ坐りこんだ。尤《もっと》も、先生がもし、私を呼んでも、ここならすぐ聞こえるし、電話にも近いし、油を売っていても職務には差し支えないのであった。

また、これも、ジャガ芋編集者のいう、女性の本質かもしれないが、せっかくはるばるお江戸から関西へ出張してきた男性を、一人でほっておくのは気の毒な気がして、えりか先生の代りにお相手する、というつもりもあるのだった。

有吉氏は、それに見てると愉快で、少々あつかましく独断的ではあるものの、イキイキとした精神の弾力が感じられてよかった。決して男前ではないが、表情がゆたかで率直なので、醜い男ではなかった。

彼は、いろんな作家のクセについて次々としゃべり、私を笑わせた。締切が来ても出来上らないある作家は、題と、はじめの一ページだけ書き、編集者におごそかに渡し、編集者がよろこんで受け取るや否《いな》や、脱兎《だっと》のごとくとび出して、階段の手すりをスベリ台のように飛び下り、逃げていった。

またある作家は、毎朝、新聞をひらくたびに、締切のせまった出版社が火事で丸焼けになった記事が出てないかと、祈る気持であるとか。

「それはひどいわ……」

と私は大笑いした。

「いや、本当ですぜ。ここのえりか先生も今ごろ、『満載小説』がどうぞ爆弾でふっとんでしまえばいい、とひそかに願っていられるかもしれません」

「ホホホ。まさか……」

「あの有吉も、ポックリ病でいってしまえ、と祈ってる」

「いややわ」

「そうだ、先生の士気をたかめ、筆のすすみを早くしよう、ちょうど今ごろだろう」

有吉氏はふと、グラスをおき、壁の本棚を、自分のもののように開けた。そこには、先生のこれまでの作品に関する資料が、いっぱいつまっているのだ。

「えーと……。これでもない、これでもない、と」

と彼はスクラップブックを開け、私は、先生のためにハラハラした。みだりに手を触れたら、今度、先生なり私なりが整理するとき困るんじゃないの?

「なーに。ここは大体、僕が整理してあげたんです。先生は、新聞の切抜も雑誌の要るのも、ごっちゃにして積み上げていて、伏魔殿のようにしてました。あるいは、資料のジャングル、というか。僕がここで待っているあいだに整理してあげたんです」

どうりで、有吉氏は片隅から本棚の資料をぬき出し、勝手知り顔に開いてゆく。

「先生は、きっと今ごろ、意気上らず、自分の才能をうたがい、しょんぼりしてるにちがいないです」

「そうでしょうか」

「そんなとき、かつて、自分の作品をほめた批評を見ると、また、大いに士気が上る」

「ハハア」

「これなんか、どうです」

有吉氏は、「資料二」と書かれたスクラップブックの一冊をひらき、たからかに読む。

「今月号の『満載小説』の秋本えりかの短篇『おっとどっこい』は、近頃出色のユーモア小説であった。この作家は近来ますます筆が冴《さ》え、人生の一断面をユーモラスに切るその切りくちがあざやかである。もはや、『女流』とはいえない、ただ、『作家』でよい。脱帽……。また、これもいいな」

有吉氏は、べつのスクラップブック「資料三」をひらいた。

「大ユーモア作家あらわる。『小説山盛』に連載した秋本えりかの『はっけヨイヨイ』は、近来の収穫、特筆すべき傑作である」

彼は、そのページにしおりを挟み、私に手わたした。

「これを、ですね、持っていって、先生に見せて下さい、きっともりもり元気を盛り返し、一瀉《いっしゃ》千里に書きあげられるにちがいないです——あ、それから、そのかえりに、氷をもう一度、おねがいします」

私は、二冊のスクラップブックと、氷入れを持って部屋を出たら、ちょうど、先生が、

「マリ子さん、マリ子さん!」

と呼んだところだった。

「何でしょうか?」

私は、先生の部屋をのぞいた。

先生の顔は、おしろいがまだら剝げになっていて、いま、たいへんな苦闘のまっ最中であることがわかる。先生の眼はすこし赤くなって血走っていた。

「マリ子さん、ホラ、資料のスクラップブックの、二と三を持ってきてえ」

先生は、イライラしてるときのクセで、口早にいう。

「あの、これでしょうか？」

私はオズオズとさし出した。

「そうよ」

と先生はひったくり、にんまりして、

「あんたって、超能力ね、あたしがこれ要ると思うときに、スッと持ってくるなんて——。アー、とってもいいお手伝いさんに当って、あたし、幸福」

しかし私は、正直者ゆえ、だまってほめられてるのは、気がとがめる。

「イエ、有吉サンがいうたんです。きっと先生は、これを今頃、お入用のはず、といいました」

「ナヌ、有吉のジャガ芋が……」

「何か、先生をホメてある批評のところにしおりが挟んでございますけど……」

「ウーム、あのくそばか野郎、ポックリ病で死ね！」

先生は、悪鬼のごとき形相になった。

「『満載小説』なんか、爆弾でふっとんでしまえ！」

夜、有吉氏が、ラーメン定食を「豚珍軒」に注文し、それが運ばれたころ、土井氏が帰宅した。

「よッ、これは、ご主人!」

有吉氏は「豚珍軒」の出前に、自分で代金を払っていたが、(私がえりか先生にお伺いをたてたら、あんな奴には自分で払わせとけ、と先生がいったからである)玄関へ入ってきた土井氏に、うれしそうにいった。

「やあ、ようお越し」

と、土井氏も手をあげ、靴をぬぐ間ももどかしく、男二人は、握手した。

見てると、有吉氏は、社命を帯びてえりか先生の原稿を取りにくるより、個人的に土井氏に会いにくるのがたのしみなのではないかと思わせるような、二人のたたずまいなのだった。

「なに、ラーメン定食! そんなもん、食いなはんな、まずまず、飲もう、今夜は」

と土井氏はいそいそとあがり、私は、これほどうれしげに部屋へ入る土井氏を見たことがない。

「いや、さっきから飲みつづけで……」

「なあに、どうせ一人で飲んどってんやろ、これは明日のたのしみで……」

と土井氏は、碁石をはさむ手つきをしてみせ、

「今晩は、飲み明かそうやおまへんか」

「よろしい。挑戦されたら受けねばならぬ、それが男というものだ」

ジャガ芋編集者も、うれしそうに叫んだ。

二人は、土井氏が寝室にしている奥の日本間で飲むという。すでにお牧さんは帰っているので、私はいそいで、二人のために食卓をしつらえた。

そこへ、足音あらく、えりか先生が現われた。

「できました！　できたわよ、トットと持ってかえれ！」

「やや、できましたか、思ったより早かったですなあ」

有吉氏はにんまりし、しかしあわてず、

「どうせ、もう最終の新幹線には間に合いませんから明朝帰ります。有難うございました、さっき先生を怒らせたのはやはり効果がありましたな」

怒らせるとえりか先生は蒸気機関車のリクツで、すごい推進力を発揮するらしい。

鉄人・ねむり犀《さい》

一

かなり遅くまで、土井氏とジャガ芋編集者のうれしげな話し声がひびいていた。尤《もっと》も、私は、時間外なので、そっちの席には顔出しせず、自分の寝床にもぐりこんで、チョコボールをつまみながら、本を読んでいた。時折り、トイレに立つと、廊下の端から、二人の笑声がきこえるのであった。トイレは、この家に二つあり、端っこの方は、もっぱら、私とさゆりちゃんが使っていて、従って、自分の部屋へひっこんだら、えりか先生の部屋や応接間や玄関に出なくてもいいようになっている。

私のような、使用人にとっては便利であるが、さゆりちゃんなども、それでいいのだろうか? さゆりちゃんが、いったん学校から帰ったが最後、両親と顔を合さずにすむ、そんな家の構造について、私はちょっと考えずにはいられなかった。でもそれは、私の考えるべきことではない。今夜も、さゆりちゃんの友人が窓から出入りしようがしまいが、私はそれについて、知らぬ顔をしていればいいはずであった。しかし、そう思いながら、私の胸の中には何か、ひっかかりがある。それはもしかしたら、この家に住む人々の、やるせない、どうしようもないバラバラの生き方が、私に、憂鬱《ゆううつ》の影を落しているのかもしれなかった。私は、家庭へ住みこんでいる気は、ちっともせず、寄宿舎の寮監か、賄婦《まかないふ》、強化合宿の世話係りとでもいう気がするのだった。

三人が、三人の部屋に閉じこもって、それぞれ、べつべつに食事をし、べつべつのことを考えている。合宿の方が、まだ共通の生活意識があるかもしれない。

熱いココアが飲みたくなり、台所へいってみると、土井氏が冷蔵庫を開けて、物色しているところだった。

「明田サン、何か、つまむもん、ないかなあ」

というので、私はチーズを切ったり、漬物を切ったりした。やってると次々に思いついて、残りものの野菜とウインナを串《くし》にさして揚げたり、した。私は、里芋や大根を煮たりする惣菜《そうざい》をつくるよりは、ペーパーレースを敷いて、美しく盛りつけたり、チーズに海苔《のり》を巻いたりして、オシャレする、ままごとみたいなおつまみづくりの方が好きである。

部屋着のままだったので、私は戸のそとからお盆を出したら、男たちは歓声をあげ、

「あー、美味《うま》そう」

「すまんすまん」

といった。ジャガ芋は身を乗り出して、

「いっしょにやりませんか」

と、私を誘うのだった。人なつこい男である。

「どうぞ、どうぞ。野郎ばかりでは話がもひとつ弾みまへん」

と、土井氏まで顔を見せていった。でも、部屋の中の雰囲気は、「野郎ばかりで」充分たのしげな、いや、これ以上面白いことがあろうかというような愉快そうな笑いの波が、ゆらいでいた。土井氏の顔も、私が、ここへ来て、はじめて見たぐらい、輝やいていた。私は、寝呆《ねぼ》けた犀の変貌《へんぼう》ぶりにすっかりおどろかされてしまった。

「どうぞ、どうぞ」

土井氏は私の手を取らんばかりにいう。

「やっぱりご遠慮します。この下はネマキなんです」

と私がいうと、男二人は、赤いサテンのガウンの下を透視するように、申し合せたごとくじーっと見た。私はちょっと恥ずかしかったけど、でも、いやな感じじゃなか

った。ジャガ芋も、寝呆けた犀も、いかにも好意のこもった、男の好奇心というようなものが感じられたから。

「それに、先生が一生けんめい書いていらっしゃるのに、わるいですわ、またこんど」

寝床でチョコボールをつまんで本を読んでる分にはかまわないが、秘書が男二人と酒盛りしていい気になっていたんでは、えりか先生は、心おだやかでないであろう。

「いま、どこの、やってるんです?」

とジャガ芋は拇指《おやゆび》をそらせて、先生の部屋を指していう。敬語は使わない。

「『小説山盛』だと思いますけど」

「フーム。あそこは誰が担当ですか」

私はまだ会ったことがないので知らなかった。

「そいつも、僕みたいに、うまくえりか先生を怒らせると早く書いて貰《もら》えるんだがなあ、あははは」

ジャガ芋は大笑いし、土井氏は、

「そんなん、どっちゃでもええがな、怒らせようと泣かせようと、どうせ、いまやったら神サンがおりてはるのや、それよか、あんたの貰《もろ》た原稿、忘れんようにしいや」

と注意した。

「ほい、商売、商売。ヒトのことなんか、どうでもいいや、こっちは頂いたんだから」

ジャガ芋は、あわてて、背後の封筒を見かえり、ヒシと自分のそばへ近よせた。

翌朝、私が起きるより早く、「満載小説」編集者、有吉氏は姿を消していた。旅慣れた人らしく、かつ、この家の事情に通じた人らしく、ちょうど、私が起き出すぐらいの直前、ひとりで洗顔し、ヒゲをあたって悠々とコーヒーを飲み、玄関のドアをあけて逃走、ではなかった、辞去しているのだった。

「いつも、そういうことになってますねん」

と起き出してきた土井氏はいった。

土井氏はまたもや、寝呆けた犀のようになっている。今日は日曜だが、日曜だからといって、ゆっくり眠る習慣は、この人にはないらしく、朝もいつもの通り起きる。

ということは、ふつうのウィークデイも、日曜みたいな生活だからかもしれない。

そこへ、さゆりちゃんも起き出してきた。

台所で、ばったりと土井氏と顔を合せ、「あっ」というような、うろたえた表情になる。

何もわるいことをしていないのなら、べつにあっとおどろくことはないだろうに、それはこの子の特徴で、何か予定外のかたちになると、いつも、あっとおどろく顔になる。

「早うから、どこかにいくのんか」

「うん」

さゆりちゃんは、できるったけ、言葉を出し惜しみするように、みじかくいう。

「どこへ」

「ちょっと」

それで、沈黙になる。へんな親子である。

「さゆりちゃん、スープ飲まない?」

と私はいった。日曜にはときどき、彼女はトーストをたべたり、自分で卵を茹《ゆ》でたりすることがあるので、私は、さゆりちゃんの分も作るのだった。

土井氏がコーヒーを飲んでいってしまうと、さゆりちゃんはホッとしたように、ゆっくりスープを飲みはじめた。そんなとき、私は彼女をひとりにしておくことにする。以前に、一緒に食べたことがあったが、テーブルに向かい合うと、だんだん彼女のあたまは垂れ、長い髪が皿におおいかぶさって、私が何かいうたびに大きな目が、きょろりと上へ向いてうかがうのであった。さゆりちゃんは、一家で食事しながら食べる習慣がないので、一人のほうが気楽なのかもしれない。私が、いくらあたまを絞って、話題を考えついても、いつのまにか立ち消えになってしまう。おとなとは、どんな関係も結びたくない、とかたくなに思いこんでいるのかもしれない。

電話が鳴ったので出てみると、さゆりちゃんに、だった。声からすると、高校生らしい少年である。

さゆりちゃんは電話に飛んでゆき、

「……へー、トミちゃんも? うん、うん、ええやないの、あたしはええわ、……イヤー、どうしようかな、あッたまにくるわ、バーカ」

なんて、はしゃいだ声をうれしそうにひびかせ、私は思わず、コーヒーのカップを取りおとしそうになった。あんな声、さゆりちゃんの、どこを押せば出るのだろう! さゆりちゃんは、友人仲間に向ってしか、年齢相応のあんな声が出せないらしい。ちょうど、土井氏が、飲み仲間のジャガ芋あいてにしたとき、はじめて顔が輝やくように。

ところが、この家では、それぞれが、そうなのだと分った。えりか先生もまた、家族とよりも、他人といたがる人であるらしいのだ。

午後、玄関で男の声がする。お牧さんは、今日はお休みなので、私は炊事や洗濯にいそがしく、手をふきながら出てみると、絵に描いたような美青年が立っていた。すらりとした上背で、漆黒の髪に、切れながの、愛嬌《あいきょう》ある眼もと。それに人のよさそうなほほえみを形のいい口元にうかべている。男の人というものは、人のわるい男は、いやみなものですぐ分るが、この青年は、いかにも育ちも人柄もよさそうで、ノビノビしていた。

私は、前の失恋のあいての男が、人がわるかったので、人のわるい男はすぐわかるのである。

（女を失恋させるような男は、人がわるいという意味ではない。あいつは、平気でウソをついたり、私の前であらての女をホメたりして、意地わるをしたのである）

青年はにこにこして、

「『小説山盛』の鈴木ノボルです。お原稿を頂きにあがりました」

といった。

先生は、まだぐっすり、万年床で眠っていたが、鈴木ノボル氏の来訪を告げると、床を蹴《け》って起きあがり、

「ノボちゃんが来た？　どうしよう、どうしよう」

と叫んだ。

それは、原稿がまだ出来ていないためだろうと思ったら、あながち、そのためだけではないらしいのだ。

鈴木氏を応接間に通して私が先生の部屋をのぞくと、顔を洗ってお化粧した先生は、原稿用紙ならぬ、洋服やスカーフを、ところせましと散らかしていた。そうして、気ちがいのように、

「マリ子さん、これがいい?」

「いや、こっちがいいかな?」

と取っかえひっかえ、服を胸にあてて、小さい体を反っくりかえらせていた。先生のお化粧は、たいそう急いだせいか、口紅は、右の方がすこしハミ出していた。

「うーん、そうですね、その黒地に花の方が……いやいや、白い方がいいかな」

私はこまった、先生の服ときたら、色もデザインも、どれも全く同じような印象の、要するにゴテゴテの、キンキラキン、なのである。ピラピラのフリルやレースがいっぱいくっついて、そこへリボンがひらひらして、馬の目玉ほどもあるボタンがずらりと並んでるといったようなシロモノ。

早くいうと、昔風な女漫才の着る舞台衣裳《いしょう》というか、女奇術師のそれ、というか。

先生は、ついにその中の一着、真っ赤なロングドレスに着更《きか》え、私に背中のファスナーをあげさせた。そうして、こんどはミカン箱の中から、無尽蔵につめこんであるアクセサリー（その中にはホンモノの宝石も、ニセモノのも区別なく抛《ほう》りこまれている）を拾いあげ、やみくもに腕に巻いたり、首につらねたりした。

「お原稿はできましたの？」

というと、先生はそれも耳に入らぬらしく、

「おかしい、もう一対がない！」

と吠《ほ》えた。

見ると、先生の片方の耳には、ブドウの房ほどもある真珠のカタマリがくっついていたが、その片割れをさがしているらしかった。

私はみかん箱をのぞいてタメイキをついた。よく「宝島」のさしえにある、鋲《びょう》を打った箱のフタを開けると、燦然《さんぜん》たるタカラモノが、ケースにも入れず、むき出しになってあふれてる、そんな感じで、指環《ゆびわ》もネックレスも、ごたまぜになっている。

「これではキズがつきませんか？」

と思わずいうと、

「キズなんかどうでもええやないの、早く」

と叱《しか》られてしまった。ニワトリのブローチが、ビーズのネックレスにからまって出てきた。

色あざやかで面白いので、

「ちょっといいですね、先生、こういうゲテモノもつかいかたによっては面白いですね」

とひねくっていたら、

「ほしけりゃ、あげるわ、もう使わないから」

と先生は気やすくいった。

「ほんとですか? でも、せっかく先生がお買いになったものでしょ」

「うん、七、八十万ぐらいかな、でも飽きたからもういらない。そのトサカのルビー、ほんものよ」

私は腰をぬかしそうになり、それを聞くと貰うわけにはいかなかった。

「片っ方、片っ方」

と先生はウワゴトのように、真珠のイアリングをさがしている。応接間では、鈴木青年の咳払《せきばら》いがきこえた。

私がお茶を出すと、一人で抛っておかれた鈴木青年は、居心地わるそうにかしこまっていた。

「先生はおやすみ中でしたか」

「もう、まいります」

彼は荷物らしいものはなにもなく、文庫本を手にしているだけだった。そうして、先生の足音がきこえると、居ずまいを正した。

「あら、いらっしゃい、ノボちゃん!」

えりか先生は、満面に笑みをたたえてノックもせず、ぱっとドアをあけてはいってきた。

先生は、クサリとも飾りともつかぬ、いうならテレビの探険ものでみる、アフリカ原住民の祭りの装束といった感じで、ありとあらゆるものを身につけており、白粉《おしろい》は、つねにも増して、真っ白けであった。首には二重にちがうネックレスが巻きつけてあり、腕にもジャラジャラと金色のクサリがあった。耳は、結局見つからなかったのか、片方だけ、イアリングが下っていた。

先生がノボちゃんというたびに、鈴木青年はすこし、こまったようにみえた。どっちを向いてたらいいか分らぬ、というようにすこし顔を赤らめ、

「ど、どこかへお出かけになる所でしたか」

と聞いた。

「ちがいますよ、でも、どっちみち、出かける所だとしても、ノボちゃんが来たんなら、とりやめるわよ」

先生は天井を向いて笑い、鈴木青年のそばへぴったり寄って腰かけたので、青年は飛びあがった。先生が、ぐっと、青年の手を握りしめたからである。

鈴木ノボル青年は咳払いばかりしていた。

えりか先生はやっと手を離して、

「ホホホホ……」

と意味なく笑いながら、青年の顔ばかりじーっとみつめている。

鈴木青年は度を失い、汗を拭《ふ》いた。

「ノボちゃん、今晩は泊ってゆくんでしょう？」

「先生のお仕事次第です」

「晩ごはんは何がたべたい？　ご馳走《ちそう》するわ」

「いえ、それよか、いつでき上りますか？」

鈴木サンは赤くなりっぱなしだった。

「出来次第、頂いてトンボ返りします」

「そんなことといわないで。おいしいもの、ご馳走するから！」

「僕はご馳走より、原稿がいただきたいのです」

鈴木サンは悲しそうにいった。

「あ、そんなもん、チョイチョイと書けばしまいです。それよかさ、晩にどこかへ食べにいきましょう。せっかく来て貰ったんだから、楽しいひとときを過ごしましょう！」

「僕は、楽しいひとときはあとでゆっくり味わうとして、先に仕事をすまして頂きたいのです。きついことといってすみません」

鈴木サンは、今にも泣き出すのではあるまいか、と思われた。

先生は、ふーっとためいきをつき、

「ほんとうに、世の中はままならないわねえ、何かというと、仕事仕事、なんでこう野暮用が多いんでしょう。でも今夜は泊っていくのでしょう。ウチに泊れば？」

「いえ、ホテルは一応、取りました。大阪です。でも、頂き次第、帰りたいと思いますので、あのう、なるべく早く。一時間でも早く」

鈴木サンは、哀願するようにいった。

「そうですか、そういう気なのね、ハハン、わかった、原稿さえ取りゃいい、という気なのね、高利貸が取り立てるみたいに、取り立てりゃいいと思ってるのね！　作家の肉体的心情的な条件なんか気にもかけてないのね、オカネを入れてボタンを押してハンドルを引いたら、煙草《たばこ》やチューインガムが出てくるように原稿が出てくると思ってるのね……」

「いえ、決してそういうことは……」

「これはね、イワシや飴玉《あめだま》売ることとちがうのよ、ヨソから卸して小売りして利鞘《りざや》かせぐってもんじゃないのだ、右から左へできて渡せますか、そんなことぐらい、わからんか！」

「いや、その、何分、しめきりが」

鈴木サンはしどろもどろであった。

「何、しめきり！　しめきりが何やというのや、そんなものは一応の目安にすぎん！」

えりか先生は、前のジャガ芋相手には、こうも居丈高にならず、ひたすら部屋にひき籠《こも》っているばかりだったが、鈴木サンをあいてにすると、ぽんぽんと言葉が弾みをつけて飛び出してくるようであった。

「しめきりに間に合う、合わん、ということは神のみこころです！　運、不運というてもええのです！」

「はッ！」

「原稿ができるかできないか、は、その日その日の出来心、しめきりに間に合う、合わぬということまで、作者が責任もってられるかッ！」

「そんな、もんで、ありますか……」

鈴木サンは、まだ諸事物なれないのか、自信なさそうにうなずいた。

「何分、僕は、まだ、入社して間がございませんので、気がつかずに失礼なことを申しあげたり、したり、するかもしれません。お詫《わ》びします。編集長にも、いろいろ注意されて来たのですが、よくわからないことが多くて……あの、お気付きの所は、教えて頂きたいです」

鈴木サンは、えりか先生にあたまから一喝かまされて、すっかり、怖気《おじけ》づいたようであった。

「そういうところが、あんたの素直でいいところよ、なかなか、そういう気立てのいい男の子は、いまどきいません」

えりか先生は、ご機嫌をなおしたらしく、

「ノボちゃんは、顔もかわいいけど、心根もよろしい、顔心一致とでも、いいますかね。教えときますが、芸術家に機械的にしめきりを守らそうという方がマチガイのもと、です」

「はい、肝に銘じます」

「作品はすべてインスピレーションの産物ですから、出来るか出来ないかは、神のみぞ知る」

「すると、では、あの、神のみこころによれば、できないこともあり得る……」

鈴木サンは青ざめた。先生はうそぶき、

「それは、わからん。でけへんかもしれへん」

「それじゃ困ります。印刷会社にとくにたのんで待ってもらっておりますので、そういうことでありますと、工場の人がいきり立って、もう待ってくれません、編集長には叱られますし、僕の立つ瀬がありません」

「それは、あんたが悪いのですよ、あんたの責任です。あんたは、私の仕事をスムーズに助ける義務があるのに、手助けしないから、こういうことになるのよ」

えりか先生は、いまは面白そうに煙草のけむりをぷーっと吹き立てた。

「僕に出来ることがありましたら、何でもやります。死ねといわれれば死にます」

鈴木青年は夢中で口走っていた。

「それでこそ、一人前の編集者よ。会社を代表して出張してくるだけのことはありますよ、四方に使いして君命を辱《はず》かしめず、って知ってる?」

「知りません。お経ですか?」

「まあよろしい、ともかく、あんたは、社運を背負って原稿を取りに来てる、あんたの肩には会社の運命が掛ってるのです。どうあっても、あたしに原稿を書かせ、持って帰らなければ、『小説山盛』はぺしゃんこになるのだ、そうでしょッ!」

「そうです。僕の進退問題です」

「では、任務に、全力をつくしなさい」

「やります、何でもやります」

鈴木サンは半ベソをかき、半ば、やけくそのようであった。

「僕は、どうすればいいのですか」

私には、泣き声のようにきこえた。

「晩、どこかへご馳走たべにいきましょう、合戦前の腹ごしらえ、というところ」

「はい。お供します」

「印刷屋が何だ! 編集長が何です! ここへ来たら、あたしと心中するぐらいの気持でいなさい! わかったね、ノボちゃん!」

鈴木青年は、「ハイ」といおうとしたらしいが、えりか先生の白粉べったり、アフリカ原住民の祭りの装束、といった恰好《かっこう》を見ると、舌が引き攣《つ》ったように、声が出なかった。そうして、だまって、うなずいていた。

二

晩になるまで、先生は仕事をしている。しかし、やっぱりというか、当然というか、晩までにはでき上らないらしい。先生は、トイレに立つたび、応接室をのぞき、

「まだなのよ」

と鈴木サンの顔を見て、ニッコリ、していく。

そのたびに、鈴木サンは、読んでいた文庫本を伏せ、立ち上って、直立不動の姿勢で、

「ハイ……」

なんていってる。あんなこと、してる間に早く書けばいいのに、と私は思うが、このごろはかなり慣れたせいか、そのへんを走り廻りたくなるような、イライラはすこしなくなった。

私がイライラしたって、先生の「神サン」が下りなくちゃどうしようもないのだ。

私は、えりか先生にお金をもらって、夕食の買物にいくことにした。

「ノボちゃん、どうしてる?」

と先生はお札を渡しながら聞いた。

鈴木ノボル青年は、よっぽど先生のお気に入りであるらしかった。

「やっぱり、じっと待っていられます」

「散歩にでも出てたらいいのに、あの子、やっぱりあたしのそばにいたいのかしら?」

先生は、悩ましげにいい、机のひきだしから手鏡を出して、じーっと、ながめた。

「晩のお献立、何をしましょうか」

「あたしは外へいくから、いらない」

「旦那《だんな》さんの分です」

「あんなもん、何でもいい。オカズ屋で煮豆か、コロッケか、出来合いのもん、買《こ》うてきてえ。あんたは、あんたの好きなものにしなさい。さゆりはカップヌードルでいいよ。——それよか、いちいち、聞かないで」

「すみません」

私は、居間へいった。

土井氏はどでんと横たわり、全く犀《さい》のような感じで、肘《ひじ》を立ててあたまを支え、テレビを見ていた。

「買物をしますが、何かお好きなもの、ありますか。――でも、お口に合うようなお料理ができるかどうか、わかりませんけど……」

「うーん、そやなあ。では……」

と土井氏は起き上った。

「キスの焼いたのを串《くし》にさして売ってますなあ。あれを甘辛う煮《た》いて、そのおつゆで焼豆腐をたいて下さい……」

「はい」

私は目を宙にすえて聞いていたが、忘れてはいけない、と思って、いそいでメモに書きとめた。

「それから、切干し……」

「あ、あたし、切干しのたきかた、知らないんですけど……でも、やってみます」

私は、先生のところへくる婦人雑誌に、「乾物食品の料理法」というのがあるのを思い出して、いそいでいった。

私は、土井氏が、せっかく、浮き浮きとたのしそうにならべるので、ぜひ、その期待にこたえてあげたくなったのである。

土井氏は、ジャガ芋とちがって鈴木青年には親しみがないらしく、今日は鈴木サンの所へは顔出ししなかった。そうして、一日、じっとテレビの前から動かず、昼はひとりで、茶漬を食べるのであった。

土井氏の顔からは、ジャガ芋の訪れたときのような輝やきは消えている。

しかし、べつに仏頂面《ぶっちょうづら》というでもなく、平然としてだまってテレビを見ているのである。

中年男って、何を考えているのだろう？

私には、解《げ》せない。土井氏は、何を楽しみに生きているのだろう？　彼は、えりか先生と話すこともほとんどなく、えりか先生が応接間で、どなったり笑ったり、しているのは聞こえてるはずなのに、まるで耳に入らないように、じーっとしているのであった。

土井氏はむしろ、自分の妻とよりも、私やお牧さんと話すことが多い。しかしそれとても、わずか、一日に三つ四つの言葉だけれど。

お牧さんのいるときは、彼女の料理に任せるが、私が自分で台所を担当する日は、せめて、土井氏の喜びそうなたべものを作ってあげたい、と思うのだった。これは、土井氏に対する好意、というよりも、何か、そんな気持を起させるものが、この男性にはあるのである。

図体の大きな男の人が、一人、抛っとかれてポツネンとしてる後ろ姿、というものは、何かしら、哀れである。

べつにそれらしいことをいって気をそそったりするわけではないが、でも、(何を考えて生きてるのかなあ。何が楽しみで生きてるのかなあ!)と思わせるような男は、女に庇護《ひご》したくなる気持を起させるものである。

母性本能とまでは、いわないけれど。

私は、お茶を汲《く》んで、もういちど鈴木青年のところへいった。

「散歩にでもいらっしゃいませんか、と先生がおっしゃってました」

私が、そういうと、鈴木サンは生き返ったような顔になった。

「では、ちょっと……」

といって、コートを取りあげ、腰を上げる。

「あなたも外へいかれますか」

私が、買物籠《かいものかご》をさげているのを見て、彼はそういう。

「駅前の市場へ買物にいきます」

「いっしょにいっていいですか?」

「どうぞ、どうぞ」

「僕、市場の中をあるくの、好きなんです。旅行しても、よく、町なかの市場をみつけます。珍らしいたべものを売ってたり、するでしょう? 東京とはぜんぜんちがって、外国みたいな気のすることがあります」

私も、こんな美しい青年とつれ立って歩くのは、まんざらではなかった。そうして、何となく、えりか先生はお面食いだと思っていたが、べつにえりか先生を責めるほどのことでもなく、女ってみんなそうなんだわ、と思った。

「あなたは、秋本先生の、お弟子さんですか?」

鈴木サンは、連れ立って歩きながら聞いた。

あたたかい日曜なので、通りにはふだんより人が多かった。近頃、奥の方の町に文化住宅やマンションがどんどん建っているせいか、ベビーカーを押した若夫婦たちが、たくさん歩いているのだった。

風は冷たいけれど、日ざしはあたたかく、なりはじめている。

「いいえ。お手伝いです。あたし、物を書いたり、しませんわ。まだ、新米で、勝手がよくわかりません」

「僕と同じだ」

　と鈴木サンは笑った。そうして、心配そうに、

「ヨソの社も、原稿を取りに来ますか?」

「ええ、……」

　私はよっぽど、ジャガ芋のことをいおうと思ったが、聞かれないのに、しゃべってはいけないかと思って、黙っていた。

「あのう、ヨソはどうしてますか。やはり、先生に叱られて……」

　ジャガ芋は、先生を怒らせれば早く書ける、といったが、この青年ではとてものことにそれだけの貫禄《かんろく》がない。しかし、あんたには貫禄がない、ともいえないので、

「イロイロですわ。でも先生の神サンは結局、下りてくるみたい。下りないまンま、ということはなさそうよ、きっと間に合うわ」

　となぐさめてあげた。

「神サンて何です?」

「インスピレーションですよ——先生のご主人が、神サンが下りる、下りる、といわれるもんですから」

「へー。ご主人がいられるんですか?」

鈴木サンはギョッとしたようにいう。

「あれでねえ」

鈴木サンの嘆声を聞くと、先生はまるで怪獣のように聞こえた。

鈴木サンは、――(いや、こんな若い子、鈴木クンでいい)外へ出ると、思わず、深呼吸をした。思わず、というのは見ていて、いかにもそう感じられたのである。

「このへんは、いい感じの住宅街ですね!」

と、鈴木クンは、たのしそうにあちこちに目をくばりながらいった。彼は、外へ出るとと、みに口がほぐれたようでもあった。

私は、このあたりは関西でも有数の、古くからひらけた高級住宅街であると教えた。両側にはさまざまな思い思いの、数寄《すき》を凝らした豪邸がつづいており、秋本えりか先生の家のように、かなり古びて見ばえせぬ平家は例外である。

私は、この邸《やしき》は三つ輪銀行頭取サンの家、この邸はシラガ染・うるしの素本《もと》舗社長の家、と教えながらあるいた。これは、前に、お牧さんに教わった通り、いってるのである。

女にとっては、着物や服と同じように、豪邸も、(たとえヒトさまのものであろうと)興味と関心のまとであるが、男はちがうらしい。それに鈴木クンはまだ独身らしいので、家というものに切実な関心はないようだった。

「フーン」

と、私の指さす邸を見て、うなずくだけであったが、通る女性たちには、イキイキした視線をあてた。

「このあたりの女のひとは、関西で見た女性の中でも垢《あか》ぬけてます!」

とうれしそうにいった。ほんとうに、このへん、颯爽《さっそう》とした、若い美しいミセスが目につくのだった。

駅前の商店街につづいて、大きなスーパーマーケットがあり、若く美しきミセスたちは、その中へ吸いこまれていく。

また、ベビーカーを押した、幸福そうな若夫婦も、うちつれて和やかに、その中へ吸いこまれてゆく。

スーパーの表には自転車がひしめきあい、日曜らしく内部は混雑しているようであった。

鈴木クンは、私がスーパーへはいるものかと思ったらしく、足を向けたが、私はその前を素通りする。あんな、幸福そうな若夫婦がいっぱい入ってるスーパーなんぞで買物できるか。奴《やつ》らときたら、人前も何も見さかいなく、

「パパア……これ、持ってえ」

「今晩、なにするウ？　あなたア」

などとふざけ散らし、あれはもう、新婚公害である。ハイ・ミスの私は、あんな所でモノを買えるかというのだ、見ていても胸くそわるい。

「商店街の裏通りには、昔ながらの市場がありましてね。そっちの方が新鮮なんですのよ」

と私はいった。これも、お牧さんの示唆《しさ》によるものであるが、

「魚屋も八百屋も肉屋も、あたらしいものを目の前で切って計るの。でも、あのスーパーにある食料はみなパックしてあるから、ひからびてしなびてましてねえ」

「ハハア」

これも鈴木クンは、所帯をもってない人間なので、ぴんとこないらしい。

「今日びのスーパーなんて、手間をはぶくことだけ考えて、品物に対する愛情なんてないんですわ、けしからん！」

「すみません」

鈴木クンは思わずあやまった。えりか先生に一喝されてから、どこか心張棒《しんばりぼう》がぐらついたのかもしれない。しかしまた考えると、そこが、この人の素直な点かもしれな

い。市場のせまい通り、ひしめき合って、いきいきとした店が並んでいるのを見て、

「この方が、ほんと、いかにも夕ベモノらしくて面白いですね」

と鈴木クンはいった。野菜はみずみずしく、牛肉はあざやかな色で積まれてあった。魚屋では、「明石《あかし》のひる網」と書いた札が下っていて、イキのいい海老《えび》が台の上を跳ねまわり、ハカリに乗せても乗せても飛び出すので、若い衆が難儀していた。鈴木クンは、ねじり鉢巻にゴム長の若い衆が手を叩《たた》いて、

「さア買いなはれ、買いなはれ、明石のひる網や、とれとれの手々嚙《か》むイワシやア」

とにぎやかに売り声をかけているのを興ふかそうに聞いた。

「ひる網のとれとれ、って何ですか」

「昼の漁でとれたばかりということでしょ」

「テテカムイワシて何ですか」

「イワシのイキがよくって、手をかむほどだという意味でしょ」

「すると、秋本先生の原稿は、手々嚙む原稿ですね」

なんていって、二人で笑ってるのも楽しかった。私は思いついて、イキのいい海老を買った。お刺身にして、土井氏とさゆりちゃんに食べさせてあげたくなったのだった。

海老が跳ねるので、鈴木クンは喜んだ。

「おどりが食べられますね！」

籠の中へ入れた海老が、跳ね上るたびに、私もびっくりして、キャッと飛び上った。

「僕、持ちましょうか」

と鈴木クンが、籠を持ってくれた。

「イヒヒ。海老が嫉《や》いとりまっせ」

と魚屋の兄ちゃんは笑う。私たちも、新婚公害をまきちらす夫婦者に見えたのかしら。

三

夕方になるのをまちかねて、えりか先生は部屋から出てきた。

「ノボちゃーん。ではいきましょう」

鈴木クンは、ふしんそうに、

「どこへですか？」

「どこって、食べにいくのよ、外へ」

「あれ。海老のおどりをたべるんじゃないんですか？」

「海老のおどりがたべたいの？」

「いえ、さっき買物をしたから……」

「あれは留守番のたべるもんだ、我々はそんなシケたものは食べない！　支度しなさい！」

「ハッ」

「うれしいな、うれしいな。ノボちゃんと、あそべるよ」

先生は童謡のようなフシをつけて歌い、トイレへ入ってぱたーんと戸をしめた。そうしてそのあいだも、

「ラ、ラーン。ラーン」

という歌声はつづいていた。烈《はげ》しい水洗の音。また、出てきたが、なおも、

「うーれしいな、うれしいな。ノボちゃんと、行くんだよーッ」

と歌っていた。

「先生……先生、あの」

鈴木クンはおそるおそるいった。

「すこしは進みましたでしょうか、お原稿のほうは」

「まだ」

先生はたいへん簡単にいう。

「あれから一枚も進んでない」

「ハハア」

鈴木クンは、身悶《みもだ》えしそうな声になる。

「あの、ずうっと午後、一枚も」

「どこへ何をたべにいくか、『関西うまいもん案内』で研究していたんやもの」

えりか先生は台風ほども部屋の中を散らかして、黒いデシンの、裾《すそ》に花模様のある服を着ることにした。それは胸もとに自分のあたまほどもある造花のバラがついているものだった。コートは、黄色と緑と赤の横だんだらのもの、交通信号のようで、やはりどう見ても女奇術師の舞台衣裳といういでたち、胸のバラをこわさないように、そろっと、コートを着ようというので大さわぎだった。

「あかん、あかん、そんなことしたら花がつぶれる」

先生は、私が着せると泣き声を出し、またやり直し、

「ノボちゃん着せてえ」

というので鈴木クンはうしろからふんわり着せた。

「前のボタンをかけない方が、いいんじゃないですか」

「スカーフむすんでえ」

と先生はいった。鈴木クンは狼狽《ろうばい》して、

「こうですか」

といいかげんに巻きつけていた。それから靴をはくまで、ひとしきり、手袋だの靴だのともめた。そのあいだ、電話で呼んだ車は、外で待っていた。

運転手は半白の髪のおじさんであるが、

「あの人、何する人ですか?」

と、門に出た私に、声をひそめていい、先生の方を見た。

「何にみえますか?」

「さあて、ねえ……ワシも商売がら、いろんな人を乗せとるがねえ。女プロレス……うーん。河内《かわち》音頭うたう人? やはり日本人でっしゃろな?」

そこへ、先生がいそいそと現われたので会話は中断し、おじさんは車に乗りこんだ。

鈴木クンは前へ坐《すわ》ろうとしたが、

「あーん。ノボちゃんと一しょに坐るねん! うしろへ並んでえ!」

と先生は金切り声をたて、鈴木クンは、

(何事も仕事、仕事)

という顔で、おとなしく手をひっぱられて後ろの座席へ並んで坐った。

「しゅっぱーつ」

と先生は叫び、

「いってらっしゃいませ」

と私はお辞儀した。先生は上《うえ》つ方《かた》のようにおうように手を振ってこたえた。そんな嬉《うれ》しそうな先生の顔は、私にははじめて見るものであった。先生は、仕事が一段落したときでさえ、そんな顔は見せない。ちょうど、土井氏が、ジャガ芋編集者と会ってぱっと顔を輝やかせたように、先生の顔は輝やいていた。

いい年をしたオトナが、そんなうれしそうな顔を見せて憚《はばか》らない、ということで、すこし私は感動していた。

たいていのオトナは、うれしくても、そんなにニコニコせず、ポーカーフェイスになるか、却《かえ》ってむっつり、するものであった。それなのに、えりか先生はトイレの中まで鼻唄《はなうた》まじりになるのだ。私が「小説山盛」の編集長であれば、毎日でも鈴木クンを先生のそばにおいてやりたくなる所である。

しかし、それは鈴木クンに忍耐を強《し》いることであるらしいのに加え、残念なことには、先生は鈴木クンが来ると、却って仕事ができなくなるらしい。これでは逆効果である。

　しかし考えてみると、こんなつまらない世のなかに、あれほどうれしいことがある、というのはうらやましいことだった。げんに、この私でさえ、あんなに嬉しい顔を、一年にいっぺんでもするだろうか。

　考えてみると、私の生活に、

「ラランランラン」

　と歌いながらトイレへ入り、そのあいだも口ずさまずにいられないような、うれしいことがあるだろうか。

　私の生活って、なんの面白いこともないんだわ、とあらためて思わずにはいられない。

　一人でチョコボールをたべながら寝床にもぐって本を読んだり、寝しなにココアを飲み、テレビを見る、という生活を、平和で充足している、と思っていたが、平和ではあっても、幸福というものではなかったのだ。しかし私の場合、好きな男の存在が私をうれしがらせてくれるとしても、こんどはまた欲が出て、その男にいろいろ注文が出来、百パーセントうれしい、という気分には中々なれないようにも思われた。

　それにしても、えりか先生が、そんなにうれしがる相手が、旦那の土井氏でないことは何だか気の毒なような感じである。

土井氏は、自分の妻が、誰と何をしようが何の関心もないらしく、座敷でテレビを見て、煙草をふかしていた。えりか先生の、にぎやかな声は筒ぬけに聞こえたであろうが、猫の啼《な》き声ほどにも気にならないようであった。

それよりも、土井氏の関心をひくのは、食事であるらしく思われる。

「どうやね。切干しは煮《た》けそうかね」

と氏は老眼鏡を片手に台所へ入ってきた。老眼鏡がないと、飯粒も見えないので、味わいが半減するという。

「ああ、ええ匂《にお》いがしてる」

「うまく、いかないかもしれません。あたし、はじめてなもので」

「いや、この匂いをかぐと、かなりええ線いってる感じですなあ」

私は、活《い》き海老を見せた。氏はたいそうよろこび、二本のお酒をつけ、自分で座敷へはこび、いそいそと、コップに熱い酒をあけ、とみに元気がよくなった。土井氏は、ジャガ芋のような飲み相手がいなくても、ひとりで法悦を味わうことのできる人らしかった。

「切干しもけっこうな味。焼豆腐の煮つけも、まあまあ」

土井氏は、私にそういった。

「しかし、何よりのものは海老でした、気が利《き》くねえ」

それから思いついたらしく、さゆりちゃんのことを聞いた。もう帰ったか？　という。

「まだですわ、さっき、食事に呼びにいったら、るすでした」

「なに。まだ。こまった奴やな、朝、出ていったら鉄砲玉や。いっぺん、叱らな、いかん」

しかし土井氏は娘の教育について、悲観的に考える人ではないらしく、すぐ、海老に気をとられた。海老の跳ねるのを、ぐっと太い拇指《おやゆび》と人さし指で圧《お》さえ、殻を剝《む》き、まだ尾を跳ねあげている透明な身を山葵醬油《わさびじょうゆ》につけると、ぱくりと食べた。

「ああ、うまい！」

と目をほそめ、しばらく目をつぶり、舌を鳴らした。そうして、ゆっくりと、熱い酒をすする。

私は、土井氏は無人島へ漂流しても、退屈しないで、草の葉を煮、魚を焼いて、くだものを雨水で醱酵《はっこう》させて酒をつくることをおぼえ、そうして浜辺で、テレビの代りに月の昇るのを見つつ、

「ああ、うまい!」

と目を細めて舌つづみを打つ人かもしれない、と思われる。退屈しない人、というのはヒトリで遊べる人なのである。ヒトリで遊べる人、というのは強い人である。

そこへ、電話がかかった。先生かと思って出てみると、男の声だった。

「そちらに、明田さんという方、おられますか?」

その声には、聞きおぼえがあったが、私はまさかと思うので、とっさに返事が出来なかった。男はせきこんで、

「もしもし。明田マリ子さんですが」

「――あたしです」

「あーっ」

と男は、安堵《あんど》したようなためいきをつき、やがて、一瞬、間をおいて、がらりと口調を変えた。

「ぼく。わかる?」

わかってたけど、私は、返事できなかった。あんまり意外で、マサカと思うばかりだった。それは、私の失恋の相手の進藤森夫《もりお》である。

四

「なんで、ここの電話、わかったの?」

私は一生けんめい、平静な声でいった。それで、自分ながらにわかった。私は、進藤森夫に、まだこだわっているのである。

いや、こだわっている、なんてものではなく、自分の心の一部になってしまっており、そこはすこし変色してヒビ割れたりしている、その上にペンキを塗ってごまかしているだけであったのだ。

何の気もなくその上に腰をおろしていて、何か居心地わるくぐらつくので、どうしたのかとよくよく見ると、そこは傷《いた》んでボロボロになっている、その上にペンキを塗ってごまかしてあるので、わからなかったのである。

見た目にはわからないが、腰をおろしてぐらついて、はじめてキズを発見する、欠陥商品の椅子《いす》みたいなのが、私の心であったのだ。

そこへ腰をおろしたのは、つまり、森夫であったわけである。

また、彼のために、ペンキでごまかしてある私の心のキズが、発見されたのである。

私はそのキズの所在《ありか》を知らされて、うれしいような悲しいような、気分だった。自分に対して、いじらしいような気もする。

進藤森夫には、憎しみしかないと思っていたのに、彼の声を聞くと、こおどりして、

（何ンか、ご用でしたか？）

といいたい、アサハカな自分の心に気付いたからである。

そういうお人よしで、生きていけるのかなあ、と私は我とわが心を叱咤《しった》した。こいつには腹を立ててもいいことがある。

私は、進藤森夫と結婚するだろうと思っていた。ずいぶん長い交際だったし、私は家族には、課の旅行だといって、連休を森夫の安アパートで過ごしたりして、それもおたがいに面白く暮らしていたから、はんぶん、結婚の既成事実は作ったつもりでいた。

それなのに、森夫は、ある晩、二人で映画を見たあと、「赤ちゃん」というカレー専門のスナックで、止まり木に腰かけて、牛カツカレーを食べながら、

「オレ、もうそろそろ、結婚しようか、思うてる」

というのであった。

私はまだ、そのときまで自分たちのことだ、と思っていた。だから、

「うん、そうやね。だんだん、トシもいくし、いそがないとね」

といったのは、自分のことなのである。

私はハイ・ミスになってるけど、毎日、楽しかった。親の家にいたから、サラリーは贅沢《ぜいたく》に使えるし、森夫と面白く楽しくやってきたため、いつも充《み》たされてたし、何より森夫とそのうち結婚すると思っていたから、会社の同僚ハイ・ミスたちのように、ガツガツせっつかなくてもよかった。私はのんびりして陽気で、みんなにも親切で、人々にも好かれているように思われ、会社の中だけでなく、人生の居心地もよかった。

森夫は私より一つ下であるが、私には、とてもしっくりと合う男で、ライターや手鏡のように日常使い慣れた、扱い慣れた道具のような感じだった。あんまり、生活も男も、私の人生にスッポリ、所得《ところえ》ておさまっていたため、ことさら結婚というかたちにならなくても、私は充分、満足して、この世を楽しんでいた。

そうして、同僚ハイ・ミスたちに優越感をもっていた。

私は、家に隠してるのと同様、同僚たちにも、森夫のことは気取《けど》らせないようにしていた。

一気にパッと蓋《ふた》をあけて皆に、「やった！」と思わせるのが楽しみであったのだ。

誰も知らないのは、スリルのあることだった。会社の男たちも女たちも、私と森夫のことを知らず、ハイ・ミス連中も（また、ウチの会社は、二十七、八から三十四、五

の独身女性が多かった）私のことを、軽蔑《けいべつ》半分に、

「気が若いわねえ……」

なーんて、いってた。また、

「極楽トンボなのよ」

とさげすみ、危機感のない欠陥人間だとバカにしていた。彼女たちはあけくれ、結婚相手もなくトシとっていく、という危機感に苛《さい》なまれ、独身男だというと目の色が変るのである。私は、森夫がいたから、どんな独身男がきても、蚊がとまったほどの関心もなく、おうようで、こだわりなくふざけたりして、

「気が若い」

なんて陰口を叩かれるのだ。ハイ・ミスにとって、「気が若い」なんていうコトバは、侮辱である。本体が老成《ひね》てるということにほかならないではないか。

でも私は、何といわれたって気にならなかった。森夫と結婚すると発表したときの一同のおどろきを思うと、にんまりするのであった。

「赤ちゃん」の止まり木で森夫がそういったとき、私は、こんな快適な暮らしを捨てるのは惜しいくらい、満足していたのである。

「まあ、いつまでもこのまま、というわけにもいかないし、ねえ……キリつけなくて

は」

と私はいった。

「うん、そうなんや」

森夫は夢中でカレーを食べている。この男はどんなごちそうより、カレーを珍味だと思っている。

「お袋もうるさいし。家へ帰るたんびに、煩《うる》そう言いよるねん、早よ結婚せえ、て」

森夫の郷里は、兵庫県と鳥取県のほとんど県境で、たいへん不便な山奥であるから、大阪からだと、東京へいくより時間がかかるという場所である。私は、森夫と二人で、列車やバスを乗り継いでそこへいくときを思い、また、にんまりした。雪が降るとバスは一日一本になってしまうという。

「冬にならないうちの方が、ええかもしれへん……」

と私は呟《つぶや》き、森夫は、

「先方も、そういうて、せかしよる」

私は、森夫の母も、私を待っていてくれるのかと思うと、小娘みたいにキマリわるくてうれしい。

「気に入ってもらえるかしら?」

「物凄《ものすご》う、気に入っとんねん、先方は」

「まだ会《お》うたこともないのに?」

「いや、見合いですぐ、気に入ったらしい」

このへんから、会話は嚙み合わなくなってきた。

「誰が見合いしたん?」

「僕が」

という話のへんから、私は何を食べてるのか分らなくなってきた。しかし小娘ではないから、私は堂々としてる。年は取っておくものである。すぐ、カンちがいに気づき、

「どんな女の子」

「二十二で、従兄《いとこ》の勤めている会社の子。従兄の口ききや。まだ学生みたいな色気のない子やけどな、田舎からきた子やから、まあ、悪気ないわな、素直そうで」

「それは、ええわねえ」

私は、その従兄も、悪気のない娘も、二人ならべて巨大なフォークで串刺ししてやったら、いい気持だろうなあ、と考えながら、コップの水を飲み、

「ごちそうさま」

と、紙ナフキンで唇を拭《ふ》いていた。

森夫は楊子《ようじ》を使っていた。そうして、オクビを洩《も》らして、「失礼」ともいわない。

つまり、そういう遠慮のない、半分、夫婦みたいな仲なのである。店を出るとき、レジで、

「細《こま》かいもん、ある?」

と森夫はきき、それはいつものことであるが、私はそのとき、ハタと思い当った。

「細かいもん」、小銭がないといって、いつも森夫は私に出させるのである。タクシーに乗るときも、

「しもた、細かいもんない」

といい、私は、「あるわ」といって、小銭用の財布から百円玉をいくつも出す。食べにいくと「細かいもんがないから、潰《つぶ》さんならん」と彼はいい、私はつい、「あるある」といって払ってしまう。

そのくせ一ぺんでも「大きいもの」を彼が出してくれたか? 結局、私が、「大きいもの」を潰して、「細かいもの」にして、ぜーんぶ、払ってきたのである。それは、

私の気持の底に、

(森夫にだったら、惜しくない)

というものがあり、ひいては、

(彼のお金は私のお金で、私のお金は彼のお金である)

という気があったからだ。それなのに彼は、「悪気のない」娘と見合いして結婚する、というのだ。彼のあたまの中には、私と結婚するなんて考えは、一瞬でも閃《ひら》めかなかったにちがいない。

しかし、それも考えてみると、森夫の責任ではなく、私の責任かもしれない。一人で彼と結婚するときめてしまい、自分ではそのつもりでいるが、彼と結婚について話したことはなかったのだ。

今なら、まだ間に合うかなあ、なんて考えてみたが、私はあんがい、あつかましくないので、どうしても言い出せなかった。

「あ、雨や」

と森夫はいって地下鉄の駅まで、傘をさしかけてくれた。

それから、希望退職を申しこんで、私が会社をやめ、森夫がその後、結婚したかどうか、はっきり知らない。ひとことで、この失恋の印象をいうと、「うやむや」というところである。

五

「そこの電話はな、お家《うち》へ電話して聞いてん……」

森夫は声を低め、

「そこ、秋本えりか先生のウチやて、なあ。あんた、ほんでそこで秘書してんねて?」

森夫の早口の大阪弁は、私にはなつかしいものである。それに、彼の「あんた」という呼びかけも。今、聞くと、彼の「あんた」には尊敬の気分があるような気がされる。

「まあ、ね。それはそうと、どんな風向き? なんか用ですか」

私はおちついていった。

「いや、あの、……さっき、あんた見たからなつかしくなって」

「あたしを。どこで?」

「駅前の市場で。追いかけたけど見失うた。それから、ずうっと、あんたの居てるとこ調べてたんで……」

「ふーん」

「会社の友達のとこ、みな聞いてまわって、しまいに、そや、あんたとこの家へすぐ電話したらわかるのに思《おも》て。やっぱり、ウロタエとったんやなあ……われながらあほらしいて。ハハハハ」

向うはいい気でしゃべってるが、私としては、どんなつもりで森夫が、私と連絡をとりたがってるかわからないから、どう出ていいものか、黙って控えていた。

「いや、なあ……あんた急に会社、辞めてしもたやろ。ぼく、淋《さび》してなあ」

「結婚したんでしょ」

と私は思わず、いった。

私の思考形式によると、結婚イコール、淋しくない、という数式になる。

「したで」

森夫は平然という。

「そんでいま、山手団地に居《お》るねん。わかる？　つまり、あんたの、いまいてる所からバス停で五つ目の山の上。ハハハハ。こんな目と鼻の先に居ったたんや。いや、それ分ってから、うれしいてねえ」

私はうれしくなかった。

昔の男が結婚して近くに住んでるのが、なんでうれしかろう。

「日曜やさかい、ぼく買物にいっとったんや。そこで、あんた見かけたわけやねん。ところで、あんたも結婚したの?」

「あたし……」

「いや、腹立つような男前の奴といっしょやったから」

鈴木クンのことだ。

私は、だまっていた。

それで森夫は気になったのか、

「モシモシ、あれは旦那《だんな》さんかね、あの、若き日のアラン・ドロンみたいな奴は」

「まあ、ね」

と私は思わず、いった。

だって不公平ではないか、というのだ。男の方は新婚の幸わせな家庭を営み、私はいまだにヒトリ者で、住み込みで働いているとは天の不公平であろう。せめて、口先だけでも景気のいいことをいわなくては。

「ちょっと、いい男でしょう」

「いい男なんて、もんやないぜ」

森夫は、やけくそのようにいった。

「オレ見てて腹立ってなあ。——同性としてああいう男前は不快や。また、仲よさそうにチョネチョネして、買物籠、持ったったり、しとんね、あいつ。あのニヤケ」

森夫は、ほんとに嫉妬《しっと》を感じてる声である。

「ええやないの。ニヤケであろうが、チョネチョネであろうが、ヒトのこと抛《ほ》っといて下さい。あんたかて、新婚の奥さん連れてたんやないの？」

「うーん、いや、その」

森夫はひるみ、しかし男というものは怪体《けったい》な人種である。いまや何も自分には発言権はないのに、昔の女に、嫉妬だけはするのだ。

「ほんで、旦那サンもそこに住んでるの？」

と彼は聞く。よくせき気になるのかしら。

「いいえ、彼は東京なの、お勤めの都合で、単身赴任なの」

ウソというのは、いくらでもつけるものである。尤《もっと》もこれも、えりか先生の薫陶《くんとう》のたまものかもしれぬ。森夫は熱心に、

「ハハア、すると別居結婚。旦那は、今晩は、そこへ泊ってるの？」

「まあ、ね」

「うーむ。すると久しぶりに夫婦の差し向いになるわけ」

森夫は歯ぎしりせんばかりにいう。

「あんたはやさしいから、さぞ、いろいろ世話やいてるんやろうねえ。あのう、煙草《たばこ》出すとすぐ灰皿持っていったり、上衣《うわぎ》ぬぐと、すぐハンガーに掛けたり、着物ぬいだら、すぐたたんだり、朝、目エさますと、すぐ新聞と灰皿マッチ煙草がテーブルに出てたり……味噌汁《みそしる》の匂いがしてたり」

それらはみな、昔、森夫の安アパートで、私がしていたことであった。

「当然でしょ、最愛の主人ですもの」

「畜生！」

「けったいな人！　あんたに関係ないやないの。あんたも奥さんにそうされてるくせに」

ほんと、男って、ヤキモチやきである。それもスジの通らぬやきかたをする。

「いっぺん会いたいなあ」

と森夫は冗談にみせかけて、切実な声を出した。

「なんで今ごろ、あんたに会わんならんの？　何のために？」

「いや、そういわれると取りつくシマもないけど、まあ、積る話もいろいろあって」

「あたしはないわ、べつに」

「ではありましょうけど、僕、なんや、あんたの顔見とうてなあ。さっき、ちらと見たら辛抱たまらんようになって。今、ちょっと出られへん？」

呆《あき》れた野郎だ。昔は、こういう森夫のわがままを、かわいい、と思っていたものだが、今は強引だと思うだけである。しかし、強引だと腹を立てる気持は、あやふやなものであって、どうかした拍子に、昔の、しんみりした仲間意識（恋人というよりもっと味の濃い、共犯者同士みたいなもの）がもどって来そうな気がする。

「ダメです」

と私は一言のもとにいった。

「忙がしいからダメ」

「あんたの家の前の公衆電話でかけてるんやけどな。門まで出られへん？」

あつかましい。

「あかん、いうたらあかん。切るよ、そっちから電話切って」

「僕から切りとうない、あんたから切って」

「そっちが切って」

「いいや、あんたから」

「アホとちゃうか」

と私がいったら、彼も笑った。まるで痴話ゲンカみたい。一足とびに、もう一年以上も前になってしまった、あの仲よしの頃にもどったみたいで、ヘンな感じ。

「怒るよ、あたし」

と私はいった。新婚の夢もまだ甘いはずの男が、なんで昔の女に、チョッカイ出さねばならぬのか。ヒヤカシとしか、思えない。惚気話《のろけばなし》でも聞かされれば、私だって女のはしくれだ、カッときて庖丁《ほうちょう》を持ち出しかねない。

「あかんかなあ——。ちょっと会《お》うて顔、見せてやってもチビらへんと思うけどなあ。顔、見せたってえな。可哀そうに待っとるがな」

顔を見せてやれ、というのは、森夫が自分のために頼んでいるのだから、大阪弁の語法は妙である。ヒトゴトのようにいう。「かわいそうに待っとるがな」というのも、森夫が自分で自分を、かわいそうだ、というのだから、じつに、大阪弁というのは、あつかましいとも図々しいとも、呆れたものであるのだ。

「へん。誰も頼んでないのに」

と私はいった。

「ほんなら、さいなら」

「あ、待ってんか、今夜はあかんとしても、また、会《お》うてくれる？」

「ダメよ、あたし忙がしいし、そんな時間ないわ、とくに今夜はね。じゃア切るわよ」

「あッ、あッ」

と森夫がいう間に、私は電話を切った。そしてふと、森夫のことより彼の妻のことばかり考えているのに気付いた。日曜の晩というのに、新婚の妻は、何をしているのかしら、夫がフラフラと外出して公衆電話をかけているのが気にならないのかしら。それとも、実家へでも帰ってるのかしら。それで私はハタと膝《ひざ》を打ったのだ。もしかしたら、出産のために里帰りでもしていて、森夫は手持ちぶさたなのかもしれない。

そう思うと、今まで何となく、ふんわりしたいい気持になっていたのが、水をぶっかけられたように醒《さ》めた。私は、結局、森夫に、オチョクラれてるだけなのである。しっかりしろ、と思い、自分で自分のあたまを撲《は》つりたくなる。森夫に、いいようにあしらわれるのは、二度とごめんである。今度から電話にも出ないでおこう。

居間で土井氏は、さゆりちゃんを叱《しか》っていた。いま帰ってきたらしい。

「もっと早う帰らないといけません。何をしてた? 今まで」

「友達とデパートへ行ってたの。あと映画みてたから……」

とさゆりちゃんは、終りのところは消え入りそうな声でいう。

「それにしても、こうまっくらになって帰ってはいかん。御飯はなぜたべない?」

「オナカいっぱいやもん……」

「また、そとで食べたのか?」

「うん……」

さゆりちゃんは、オドオドとしている。そうしてまともに土井氏の顔を見ないで、うつむいたり、よそ見したりするが、語尾は、あるかなきかになる。

「困った子やな、そう外食ばかりしてはあかん。子供はちゃんと、家でモノをたべる」

土井氏は嘆息して、

「何を食べた?」

と好奇心にみちて聞いた。この人、食べものの話をするときは、とみに生き生きする。

「豚珍軒のごもく焼きそば……」

とさゆりちゃんは悪事を働いたごとく、うなだれる。

「ごもく焼きそばか、あれは量が多いばかりでまずい。豚珍軒はラーメンのおつゆがうまいのです。塩味ラーメン食べればよかったのに、なんで、まずうて高うて量ばかり多いごもく焼きそばなんか、食べるのや!」

さゆりちゃんは泣きべそをかいて、もじもじする。

「もし焼きそばなら、向いの天珍楼にすればよかったのに!」

「あそこの味つけは辛いんやもん……」

「なに。辛い。そうか、それはあるかもしれん。お父ちゃんが食べて、ええ加減の味やから、子供にはすこし辛すぎる、ということがあるかもしれん。しかし、天珍楼のギョーザはうまいやろ」

「うん、ギョーザのときは、あそこへいく……」

「そうや、そうしなさい。ギョーザは天珍楼、ラーメンは豚珍軒や! これから気イつけなさい、わかったな」

「うん……」

お説教がへんな方へ曲ってしまう。

えりか先生の帰ってきたのは、もう深夜もまわっていた。鈴木クンは玄関まで送ってきたが、私の顔を見ると、ホッとしたように、

「車を待たせていますから、このまま帰ります。あとをよろしく」

というのだった。鈴木クンは顔に紅を刷《は》いたように赤くなっていた。

私が門を閉めて引っ返してみると、先生は服をそのへんにぬぎちらし、時計やアクセサリーを片っぱしからはずして捨て、

「ノボちゃーん、かえったらあかんよ、もう一杯、家で飲む約束やないの！」

と叫んでいた。

「鈴木サンはもう帰ってしまいましたよ」

私は、先生の服を一つ一つ拾いながらいった。

「帰った？　誰の許しを得て帰ったか、このバカモン！　あの子はバカやねえ、バカな子ほど可愛いって真理やねえ。バカならバカでよいが、酒がよわいのが玉にキズ。『小説山盛』は何を社員に教えておるのか、女のささやかな酒にもつきあいきれんような男は、目ェ噛《か》んで鼻噛んで、死んでしまえ！　というのだ、そやろ、マリ子さんッ」

「はいッ、そうです」

と私はいったが、えりか先生をみると、「女のささやかな酒」というようなものかどうか、うたがわしい。

「マリマリ、応接室に出しといて、お酒。もういっぱい飲んで寝るから」

「ハア、でも」

「でもとは何や」

「かなりもう、いい線いってはるのとちゃいますか、そのまま寝はったほうがええと思いますわ。だって、あしたはまた、朝から、鈴木サンがつめてきて、お仕事でしょ」

「何を？　何というたか」

「お仕事」

「お仕事、というようなことを、こういう時点において口にするなッ！　というのです」

私には、えりか先生の酒癖は、あまりよろしくないような、不吉な予感がされた。

「人が酒飲んで酔うてるときに、やね。え！　ええ気持でいるときに、酔いをさますようなことをいう」

「すみません」

「催促するのは編集者だけでたくさん」

「わかりました」

「どうわかったの」

先生は財布をあけて中をしらべながらいう。

「お仕事の話は、お仕事の最中にだけ、いいます」

「それもあかん。仕事の最中にいわれるとよけいイライラして、すすむべき筆が、順調にすすみません」

「ハハア」

えりか先生は、私をにらんでみせた。見れば白粉《おしろい》はまだら剝《は》げになり、眼はとろんとして、赤く濁り、唇はゆるんで、顔は赤く火照《ほて》り、しまりのない顔が、よけい大きくぼやけてひろがっていた。

「ともかく、もういっぱい飲むから用意してね」

「ハイ」

私が、銀のお盆にグラスや氷をのせて持ってくると、先生は、今はトイレに入って、烈《はげ》しい水音をひびかせ、うんうんと唸《うな》っていた。

もどしているのじゃないかしら? と思ったから、

「大丈夫ですかア?」

とドアをバタンバタンとたたくと、内部から、

「うるさいッ、やかましいやないの、この真夜中に。静かにしないと近所迷惑です」

と先生はいい、更に大きな声で、

「フー、フー、ああ苦しい、苦しい」

と唸るのであった。と思うと、突然、ドアをあけて出て来て、

「もう、よくなった！」

と私に、にんまりしてみせた。洗面所で、口を漱《すす》いだり、顔を洗ったりして、

「さあ、飲み直し、マリマリもつきあえ」

という。先生は私の名前の所を二度くりかえしていうのが癖になったみたい。

「そうだ、こういうときは一人でも多い方が面白い。オッサンも呼ぼう！」

と先生は思いついた。そうして、土井氏の居間になっている、六畳間の襖《ふすま》をあけた。

土井氏はいつものように、部屋のまん中にぽつんと一つ蒲団《ふとん》を敷き、そこで眠っていた。

土井氏は自分で床をのべ、朝になると自分でたたむので、私は、彼がどんな風にして眠っているか、知らなかったのである。たまに蒲団がたたまれたまま、積みあげてあるときは、（干してくれ）という意思表示なので、私は、物干へ出して干すのである。

「吉良《きら》コウズケ、見つけたりイッ」

えりか先生は落ちているハンガーを両手で前につき出して、刀のように構えた。

「ややあ、ご主君の仇《かたき》、覚悟せよ!」

と蒲団を足蹴《あしげ》にして、ぱっと剝いだ。そうして、電灯のスイッチを入れ、

「おたずね致す。吉良コウズケ殿でござるな!」

と飛び起きた土井氏のあごの下にハンガーを突き入れた。

土井氏は、私がいつも洗濯してあげる、空色のパジャマ(それはすこし色が褪《さ》めかかっており、しかもボタンがみなとれていたので、私が、ここへ来てつけたのである。土井氏は安全ピンで止めて着ていたのであった。肘《ひじ》がすこし擦り切れているので、私が、新しいのを買いましょうか、と土井氏に提案したことがあったが、土井氏は、体に馴染《なじ》んでいるので、これを捨てたくない、というのであった)を、着て、びっくりして、目をぱちぱちさせていた。

「やあッ!」

とえりか先生が、ハンガーをぐりぐり突き上げたので、土井氏は仰天して、蒲団から転がり落ち、

「かんにんしてえな……」

と泣き声を出した。

「おのれ、憎っくき吉良コウズケ……」

えりか先生はそういったが、土井氏に体をかわされて、ストン！　と蒲団にころがりこみ、

「失礼いたします」

といって、入れかわりに枕《まくら》にあたまをつけて寝てしまう。

「あ、どうしましょう」

「しゃアないな……」

と、土井氏と二人でながめているうち、先生はスヤスヤと寝息をたてた。

「ええ気なもんやな」

土井氏は呆れ果てた、という調子でいい、

「すみません」

と思わず、私はいった。

「あんたがあやまることはないけど。ああビックリした。けど、かなわんなあ。朝までここで寝よるで」

「もひとつ、お蒲団を敷きましょう」

「いや、ここでは寝られへん」

「ハア」

「客間の絨毯《じゅうたん》の上で寝るわ。この人、酒飲んだら、イビキかくわ、歯ぎしりするわ、屁《へ》こくわ、寝ごというわ、えらいこっちゃ」

「まア」

「夜の夜中にもういっぺん、『おのれ、吉良コウズケ!』とやられたら、こっちは心臓マヒおこしてしまう」

「ホホホホ」

私と土井氏は、蒲団と枕を応接間へはこんだ。

土井氏はねむくてたまらないようであった。

それで、椅子をすこしどけて、床を敷くが早いか、ぬくぬくと蒲団の中へもぐりこんで、のびのびと眠りはじめた。

そのようすはまるで、いまこの現在、とりあえずは、眠ることがいちばん人生で重大事、というありさまに見えた。

土井氏は、えりか先生に、怒りもしていなかった。また、おくさんの酔っぱらいを、べつにおもしろおかしくも思っていないらしかった。

氏の心をいちばん大きく占めているのは、いかに、ゆっくり睡眠をむさぼるか、快くねむることが人生でもっとも執着するべきことである、と心に銘じているらしかった。

それは、とても強い人にみえた。

自分の欲望に忠実で、それだけしか考えていない人、というのは、強い人なのである。

したいようにしているという点では、えりか先生も同じなのに、なぜ、えりか先生は土井氏にくらべて、「強い人」という印象は与えられないのかしら。

やがて、土井氏がねむる部屋から、規則ただしい、快さそうな寝息が洩れてきた。

私は氏のことを(鉄人・ねむり犀《さい》)とあだ名をつけようと思う。

蒸発占い

一

　翌朝、私が起きてみると、えりか先生はもう、仕事部屋に戻っており、土井氏も蒲《ふ》団《とん》をたたんで、応接室の仮の寝室を引きあげていた。

　えりか先生はなまあくびばかり、していた。

　今朝はお化粧もしていず、べったりの白粉《おしろい》のない地肌をはじめてみたが、疲れのためか生気がなかった。何というか、ひと晩野宿でもしたみたい、つまり、夜露のように、シミやソバカスが点々と散らばっていた。

　ただ、色の白い人である。

　いつもの朝食、ミルクと半熟卵を持っていくと、

「見るのもいや」

とほんとに、いやそうな顔をする。

「早くから起きられましたの？」

「さっきからですよ。宿酔《ふつかよい》よ」

「宿酔は美容の大敵ですわ」

と思わずいったら、先生は私をにらんだ。

「うるさい！　小学生じゃあるまいし、そのぐらいわかってる！　こっちの思《おも》てることをズケズケいいなさんな！」

「すみません」

ああ怖《こ》わ怖わ。小説家を扱うのはむつかしい。

土井氏のほうは、台所でむっつりとコーヒーを飲んでいる。これは、むっつりといっても、なぜかこちらがびくびくしなくてもいいような、いい意味でのむっつりである。男の人の中には、嵩《かさ》だかくて、そこに存在していられるだけで憂鬱《ゆううつ》になるような、うっとうしい奴《やつ》がいるものだが、この土井氏にはそんな重圧感はない。カサ高さ、というのはすこし説明しにくくて、物理的な容量の大きさともまた、ちがう。小男でもカサ高い奴があるし、大男でもカサ高くないのがいるのである。

土井氏がそれであった。むっつりしていようが、大きな体をもてあましていようが、べつにカサ高くないのである。

私の思うに、女が男に感じる「カサ高さ」、というのは、男の威張りかげんではないかと思う。私の父なんか、カサ高くて、私は幼ないときから煙たかった。私の友だちも家へ遊びにきて、

「おじさん、いるの?」

と聞き、いるよというと、(そういう私も、なぜか、小っちゃな声になる)

「ふうん」

と重苦しい顔になって、お上りといっても、

「また、こんどね」

と帰っていく。いないときは、明るい顔になって私の部屋へやってくる、そんなものなのである。そうして、女親や、姉妹が「カサ高い」ことは決してない。

それに友達の家のお父さんにも、カサ高い人とそうでない人と、二通りあった。カサ高いお父さんは、何もいわず新聞をよんでいるだけでも、そのうしろを通るのが怖くて、いやであった。カサ高くないお父さんは、「こらこら、また散らかす」と叱《しか》るが、挨拶《あいさつ》すると、「いらっしゃい。お上り」などと気軽にいってくれたりする。そういう家は、上りやすかった。

そうしてみると、「カサ高い」という意味には、気軽でないことも入るかもしれな

い。

会社へ勤めていたときも、課長や部長に、カサ高いのとそうでないのとがいた。——そうして、進藤森夫は、カサ高くなかった。あの男は、横にいても、空気か水のような感じでとてもしっくり、していた。男のうっとうしさ、みたいなものがなく、傍にいられるだけで愉快だった。

考えてみるとカサ高い男は、いっしょにいて楽しくない男なのかもしれない。もっとも日本の男性は、あんまり母親が大事に育てすぎるので、お殿様みたいなのが多く、いっしょにいて楽しくなるような、潑剌《はつらつ》として可愛いげのある男は少ないみたい。

土井氏が黙ってコーヒーを飲んでいて、カサ高くないのは、朝の一杯のコーヒーをたのしんでいるからであろう。女房が宿酔であろうが、雨であろうが、土井氏は、台所の窓から庭をながめながら、インスタントコーヒーをじっくり、味わっている。本人がたのしんでいるのだから、傍の者は気楽なわけである。

私は、(ほんとに、一家の主人がカサ高くなくてやり安いわ)と土井氏に好感をもった。

しかし、私自身の上機嫌が、そう思わせたのかもしれない。そうして、なぜ私が上機嫌かというと、森夫の電話のせいかもしれなかった。

あつかましい奴ちゃ、とは思うものの、なぜか、憎めないで、彼のカサ高くない存在を、美点だなんて考えてしまうのであった。

鈴木クンが早々にやってきた。

ところが、先生は、仕事部屋にひっこんで出てこない。

「ハハア、かなり油が乗ってこられたんですね」

鈴木クンは嬉《うれ》しそうにニコニコしていた。

朝の光で見ると、まったく、彼は美青年だった。若さの復原力のせいか、それとも酒量を控えめにしたせいか、鈴木クンは、今朝ははや、酒の気もなく、つややかに皮膚を張り切らせて、頬はぽっと健康な紅味を帯び、油壺《あぶらつぼ》から抜け出たような色男である。私は森夫がどこからか見ていて「若き日のアラン・ドロンみたいや」と歯ぎしりしたことを思い出すと、おかしかったが、澄ましていた。そうして、かりにも、なれなれしく、色目を使わないようにしようと心にきめた。美男というものはたいてい、うぬぼれ屋が多く、女がすこし親しげにすると、

(こいつ、おれに参ってるな)

と誤解しやすいからである。

しかし鈴木クンは若くてすれないせいか、そこまで気を廻してうぬぼれるようでも

なかった。とてもすてきな武器を神から与えられているのに、まだよく使い勝手がわからないので、戸棚へしまったまま、というふうにみえた。

「もう、何枚くらい進んだでしょうね!」

鈴木クンはたのしげにいった。彼のあたまには、職務の遂行しか、ないようであった。

実をいうと、えりか先生は一枚も、いや、一字も書いていないのである。仕事場の、壁際《かべぎわ》に敷かれた万年床で、のびてるのである。

気分わるい、目がまわる、むかつく、背中が寒い、あたまが重い、と御託をならべてるのである。鈴木クンが聞いたら、泣き出すかも知れない。

「いつごろ、出来そうでしょう? 社へ連絡できれば、したいと思いますが」

私は鈴木クンの期待に輝やいた顔が見られない思いである。鈴木クンはなおも、

「もし、お手伝いできることがあれば、何でも、します」

そこで私は、大いそぎで、先生の仕事場へいき、戸の外から声をひそめていった。

「先生。鈴木サンがあとどの位ですか、って」

「ノボちゃんが?」

と先生はいったが、生気のない声である。

ゆうべの鼻唄《はなうた》とはえらい違い。私が戸をあけてみたら、ヒキ蛙《がえる》のように潰《つぶ》れていた。

「ノボちゃんに、あいたくない、こんな顔して、はずかしい。まだお化粧もしてないんやもの」

「鈴木サンは何でもお手伝いするそうですよ、看病してもらいはったらいかがですか」

「ダメよ！　あ、た、たた」

あたまをあげようとして、先生は、また、どでんと倒れた。

「首も肩もいたい」

「鈴木サンが撫《さす》ったら、なおるかもしれませんよ」

「こんなざまを見せられませんよ、死んだってイヤだ！　イヤだ！」

先生は泣き出した。

「ノボちゃんには宿酔だなんて言わなかったでしょうね」

「いいませんわ」

私は共犯者のように大きく、うなずいた。

ほんとは、言いたくてたまらなかったのであるが、職業上の秘密である。それに、鈴木クンが、

「昨夜は大丈夫でしたか、先生は」

とでも聞いてくれれば、

「実は……」

と声ひそめていえるのであるが、そこが若気の至らなさで、鈴木クンはそれをたしかめなかった。自分が若くて元気なので、人はみな、そうだと思ってるのかもしれない。

「ノボちゃんには、汚い顔見せるのんいやよ、あたしいつも、美しい思い出だけを彼に持っててもらいたいの。彼の胸の中に、あたしの美しい面影だけを抱いててほしいのよ」

「ハア」

私は、ロミオとジュリエットの遺言みたいだなあと思った。小説家は、時々、文語文を使うので、口語になれた普通人は、相づちをうちにくい。

「じゃ、いま、着々とお仕事、はかどってます、というときます」

「今日も明日もダメかもしれへん……」

先生は消え入りそうな声を出す。

「もう、余命はいくばくもない気がするわ、やはり体がよわったのね。何か、余病がいっぺんに出たのかも。もしかして、このままということもあるかもしれへん……」

「まさか」

「ノボちゃんが、こんなときに来てくれたというのは、やっぱり、目に見えない磁石みたいな力が引きよせたんとちがうかしらん……。私の最期《さいご》に居合せたというのは、縁があったのねえ。死ぬときは、ノボちゃんに手を握ってもらって、私の顔にマリ子さんお化粧をきれいにしてね。やつれた顔を見られたくないのよ……ノボちゃん、いま何してる?」

先生は、息も絶え絶えにいう。

「トイレでしょ」

水洗の音が聞こえてるから、私はそう、いった。

先生は、ほっとためいきをついて、枕《まくら》を抱きかかえるようにした。

「どうなるのかしら、心細い気持よ」

私も、以前、森夫と飲んで、宿酔をしたことがあったが、私の経験では、夕方になるとしらずしらず癒《なお》って、また食欲も出てきたものだった。先生はうめく如《ごと》く、

「ゆうべは、天国、今朝地獄」

「交通標語みたいですね」

「ゆうべの嬉しい気持を抱いて、死ぬのがいいかもしれない……でも死ぬまでに、も

ういちど、ノボちゃんの顔を見たい」

「先生、思い切って咽喉《のど》に指つっこんで吐くなり、下剤かけて下してしまうなり、なさると、いっぺんにスッとしますわよ。それから一時間か二時間、ぐっすり眠れば、もう、……。あたしの場合は、イビキかいて眠ったそうです。そしたら大丈夫でした」

「うるさい！　ノボちゃんにイビキをきかれるぐらいなら、死んだ方がマシよ……」

鈴木クンは、応接間で、いまできあがるかできあがるかと、じっと待っていた。私が何杯めかのお茶を汲《く》んで出すと、

「今日は、買物なさらないんですか？」

と聞く。お牧さんが今日は出勤しているので、買物にいくことはない。

「散歩にでもいらっしゃれば？　犬はおきらいですか」

「いや、好きです」

「門のところに、うちの犬がつないであります。何なら、犬を連れて散歩にいらっしゃれば？」

「はい、でももし、その間に先生のお原稿が出来上ったら、たいへんですから、——ここで待っています」

めったに出来ませんよ、と私は言いたかったが、そうまで思いつめている鈴木クンに水をさすこともできず、それより、彼のおひるの支度をお牧さんに聞きにいった。

お牧さんは、台所の窓をあけて、何だか目を凝らしていた。

「ねえ、明田さん、何やら、隣りの家の窓から、煙がモクモク出てるんやけど」

と指さす方を見ると、なるほど、隣家の窓は閉めきってあるのに、白い煙は、洩《も》れ出《い》でてこちらの庭にまでただよっているのだ。隣家との間はブロック塀と植木があるが、白い煙は、さゆりちゃんの部屋を包むように流れてくる。

「虫の燻蒸《くんじょう》でもしてるんやない? 煙でいぶしてるのよ、きっと」

「そうやろうねえ」

と、二人で、ながめていた。だが、煙はますます、濃くなってくる。

と、そのとき、まるで、稲妻みたいに、窓ガラスの向うを、赤い火が、ちょろり、と走った。

隣家の窓のカーテンが燃えているのだ!

「火事や!」

という悲鳴がお牧さんのものだか、私のものだか、もうわからなかった。そのころには隣りの家の人々が、大きな叫び声をあげているのが聞こえ、お牧さんは腰を抜かして、台所の床を這《は》いながら、外へ飛び出していく。

私は、先生の部屋へ突進して、

「火事です、火事、火事、隣りが火事！」

と叫んだように思うが、もうおぼえていない。

先生は跳ねおきた。鈴木クンが何かを倒したのか、応接間でひどい物音を立てて、ころげるように廊下を走ってきた。

「先生、大丈夫ですか？」

こんなとき、男の顔を見ると、なぜこうもホッとするのか、私は鈴木クンが頼もしくみえ、

「先生をお願いしますわ」

と夢中でいった。

「先生、原稿は。原稿は⁉」

鈴木クンも夢中である。先生も動転しているのか、泡をふいて机上をさした。

鈴木クンはそのへんの紙袋に、めったやたらにものをつめ、

「ともかく、まず逃げましょう、原稿さえあれば大丈夫です。先生、あとのものは思い切って下さい」

「でも、大事なものがいっぱい……」

「大丈夫です、大丈夫です、わが社の原稿と先生さえあれば……。先生、よかったですね。小説家は身一つあれば、商売できるんですから、ギャングと一しょです、先生、早く逃げましょう!」

何をいってるのか、鈴木クンは自分で自分のいってることがわかってるのだろうか。

消防自動車のサイレンの音が高くなった。

足音が入りみだれ、走ってゆく。

先生は急に、鈴木クンの手をふり払い、

「書く! あたしは家にのこって書くのだ。急に、書きとうなった!」

困ったくせだ。又もや、お尻《しり》に火がつくと宿酔もどこへやら、猛然と創作欲に駆られたらしい。しかもこんどは、文字通り、家に火がつきそうな瀬戸際だから困るのだ。

腰がぬけるということは、あるものだ。私はしばらく立てなかった。だが、お牧さんがいったん台所へ取って返し、自分の荷物を持ってまた外へ駈《か》け出す機敏な行動を見ていると、物欲がむらむらと湧《わ》きおこったせいか、いっぺんにしゃん、とした。

お牧さんの荷物というのは、木の提手《さげて》のついた布のバッグ、(そこには彼女の財布とタバコが入っている)いつもこの家に置いている割烹着《かっぽうぎ》(汚れのみえないように柄ものを愛用している）と、かなり使って傷《いた》んだスリッパ、ハンドクリーム一缶である。お牧さんは血相変えてそれらをひっさらえ、また、飛び出していったのであった。

私はいそいで離れの私の部屋に走った。煙のにおいが感じられた。私の部屋でこうだと、さゆりちゃんの部屋はもっと近いので、煙が充満しているかもしれない。

私はボストンバッグに片端から着るものを詰めていった。詰める前はそうでもないが、詰め出すと欲が出るものである。私はいちばん上等の着物や帯は、ここへ持ってこずに母の家へ置いていたことを思い出し、心から、

（よかった！）

と思っていた。

私は衝動買いの性癖があるので、安ものをたくさん持っている方である。冬物春物が、思いがけず、たくさん出て来た。流行遅れで、どうせ着られないと思って、ブリキの衣裳罐《いしょうかん》の中へ詰めこんだきりであったが、今取り出してみると、

（あれ。あんがい、いけるじゃない）

というものが多かった。どうせ、セーターや、チョッキ、ブラウス、といった、はかなげな安物であるが。

（あ、なんでこれ、着なんだんやろ……）

とか、

(あ、捜してたのに、こんな所へはいってたわ)

というのがちょいちょい、あった。そう思って見れば、今着ているセーターに、このカーディガンを着ると、ちょうど重ね着ルックの、色がぴたりときまっていい感じである。
二、三年前は、半袖《はんそで》のカーディガンなんて、恰好《かっこう》のつかないシロモノであったが、今ならいい線である。やっぱり、時々は、古い衣類も点検しなくては、と思った。流行はくり返すから、拾いものの発見をすることもある。
そうなると、古いセーターもブラウスも、焼失するのは勿体《もったい》なくなった。衣裳罐ごと背負って逃げられればいいのであるが、いくら火事場の大力といっても、それはむつかしそうだったので、私は狂気の如く、ボストンバッグに詰めた。入りきらないものは割愛することにした。

次はアクセサリーで、これは「浪花《なにわ》名物・上方《かみがた》あられ」のブリキの箱に入っているのでそのまま、小脇《こわき》に抱えていくことにした。本が何十冊か、本棚に並んでいるが、そうしてその中には愛読書もいろいろあるが、私は、学問芸術に対する尊敬の念はないではないものの、執着ということになると別である。

愛読書はまた買える。かつ、また別の愛読書とめぐりあうかもしれない。

つまり、かけがえのない、という形では、学問芸術は私のうちにはないわけである。代替品があるのである。

しかし、着る物は、またと私に合うものとめぐり合うかどうか……。

よろよろしつつ、私は重いバッグをひきずって廊下を走り、あけっ放しの玄関のドアの外へ抛《ほう》り出した。これで大丈夫。家を出る前に先生のようすを見ようと仕事場へ行くと、鈴木クンがいったり来たりしていた。もう、煙がここまで入りこんでいた。

私は、何となく、昔見た時代劇映画の、落城シーンを思い浮べた。やがて、火のついた天守閣がまっ逆さまに頭上に崩れてくるような恐怖を感じる。煙というのは、人を惑乱させるものだ。

「先生、たいへんな煙です。もう逃げましょう、先生」

鈴木クンは泣き声を立てていた。

「煙に巻かれては危険です。書いて下さるのはありがたいんですが、安全な場所へ移って書いて下さい。モシモのことがあれば、連載は中止になってしまいます」

鈴木クンはそういい、先生は部屋の中から、

「大丈夫ですよ」

としずかに、さとす如くいう。

それは、必死に書いている最中の、いわば「嵐《あらし》の中の静けさ、まともさ」である。先生は、夢中で書いているときは、良識ある礼儀正しい淑女になるのである。

「――心配していただいて、ありがとう」

「ありがとうじゃありませんよ、煙がこんなに……」

「換気扇を廻しなさい」

また一台、消防自動車がかけつけたらしい音がする。庭がさわがしくなったのは、門内へ人々が入りこんだためらしかった。換気扇を廻したくらいでは、おっつかないのではなかろうか。ガラス窓に水しぶきの当る、すさまじい水音がして、たちまち水が隙間《すきま》から噴き出した。

二

幸い、火事は隣家のボヤですんだが、庭中水びたしになり、花壇は踏みにじられ、桜の若木は枝を折られ、私のボストンバッグは水をかぶって、何のことはない、私は、結局、ちゃんと蔵《しま》ってあるものをわざわざ持ち出して濡《ぬ》らしてしまったのだ。私はそれによってショックを受けた。

ショックを受けたのは、繋《つな》がれていた犬のペロもそうで、この、少々のんびりした犬は肚《はら》が据わっていないせいか、すっかり動転して犬小舎《いぬごや》にへたりこみ、出てこなくなった。臆病《おくびょう》そうに、切なさそうに鳴いて、

（ああ、怖かった！）

とショックから立ち直れず、涙を拭《ふ》かんばかりである。そうして思い出したように、ヒクッ、ヒクッと、しゃっくりをするのであった。

私はというと、物干し場で、濡れた服を干しながら、いまいましいばかりだった。

お牧さんは、血相変えて出ていったことも忘れ、太平楽な顔でもどって来て、戸棚へ手提げとハンドクリームと割烹着をおさめ、スリッパをはいた。

「電気ストーブの上に、屛風《びょうぶ》が倒れたんやて、ねえ……」

と、もうはや、聞きこんでいるのだ。

鈴木クンと私は、煙を家の中から追い出すために、窓をあけてまわった。そのあいだ先生は、仕事部屋の中から一歩も出ず、けんめいに書いているらしかった。

「へっ、あのとき逃げんと書いてはった？」

お牧さんは目をまん丸くした。そして、

「そういう人やわねえ、ここの先生って」

と薄笑いを浮べる。それはえりか先生の豪胆ぶりに感じているのではなく、私に、お牧さんはあまり先生を尊敬していないんじゃないか、ということを感じさせた。

「屛風が倒れた、というけど、わかるもんかいな」

お牧さんは、マナイタの上のニンジンを刻みかけていたのがそのままになってる、それを澄まして何事もなかったように、さっきの続きで刻みながらいう。火元の隣家の話だ。

「となりは、嫁さんと、お姑《しゅうと》はんが仲悪うてなあ。ひょっとしたら、つかみあいの喧《けん》嘩《か》してはったんかもしれん。――けど、火事騒ぎでさすがにたまげたんか、二人、仲よう腰ぬかして、手をとり合《お》うて震えてはった」

「あんがい、これを機会に仲がようなるかもしれへんわね。ボヤ出して地イ固まる、――かな」

と私がいったら、

「なあに。すんだらまた仲悪うなってはるわ」

お牧さんは醒《さ》めた省察をする人なのである。

私は人間認識においてニヒルな人というのはにが手である。私が甘ちゃんであるから、ことごとに、わが身に引きくらべ、叱られた気がする。果して、

「あんた、な。物持って出るんなら、荷物の番せな、あかんわ。火事泥は多いんやし、消防の人、あんたの荷物につまずいて、水たまりに蹴《け》ころがしてたよ。せっかく持ち出して、抛《ほ》ったらかしにしたらあかんやないの」

と叱られてしまった。

ショックを受けた人といえば、鈴木クンもそうであった。

先生が、原稿を手にして、部屋から、

「出来たわ」

とにんまり出て来たときは、鈴木クンは飛び上り、うれし涙に昏《く》れた。

「できましたか！　ありがとうございました！　先生、このお原稿は仇《あだ》やおろそかで読めませんね。火事にも負けず煙にも負けず、敢然と火を背負って、書かれたのですから、――」

と不動明王のようなことをいい、

「崇高な芸術家魂の発露です！　ありがとう存じました、頂いていきます！」

と手を出した。しかし先生は、ずいと鈴木クンを押しやり、

「マリ子さん。これを速達で出してちょうだい。本局までいってね」

「ハイ?」

「日之出新聞の東京本社へ出してね」

「あのう、僕の所ではなかったので……」

鈴木クンはうなだれ、自分の手を見つめた。昔、私が見た狂歌に、「人にやる菓子を我かとまちがえて、出したる手をばどこに隠さん」というのがあったが、鈴木クンは手のやりばに困ったように、そうっとおろした。こんなとき、ジャガ芋氏なら烈火のごとく怒るかもしれないが、鈴木クンは、怒ろうか泣こうか、きめかねるようにみえた。しかしながら鈴木クンはたいそう遠慮ぶかい性質とみえ、どんな運命にも堪え忍ぼうときめたようであった。何か抗《あら》がいがたい大きな運命にうちひしがれたように、ふかいためいきをついた。

先生は、また仕事場へ戻ろうとするので、必死の面持で鈴木クンは追いすがり、

「ウチのはどうなりますか、ウチのは……」

と泣きべそをかいた。

「大丈夫よ、心配しなくても」

先生は、聖母マリアのような微笑をうかべ、おちついていう。それはほんとうかもしれない。先生がマトモな挨拶をすると、あんがい仕事に夢中で、心を奪われているときである。

そうなると、うわのそら、といった調子が出て、まっとうな、良識ニンゲンの言葉になるのだ。仕事のことばかりにあたまを占められ、人と応対するときは、ハイハイ、そうねえ、という、幼稚園の保母さんみたいな言葉になる。

私は、もういっぺん火事さわぎになれば、よりいっそう書く意欲が、先生に湧くかもしれませんよ、と鈴木クンに示唆《しさ》したかったが、せっぱつまったアラン・ドロンという感じで目を血走らせている鈴木クンを見ると、本当に決行しかねない危惧《きぐ》を感じたので、そのことは思い止《とど》まった。

郵便局の本局は一キロばかり先だが私は歩いていくことにした。

私は、反対側になるが、ちょっと隣家までいって、しげしげと門内を覗《のぞ》く。窓枠と壁の羽目板、軒が焼け落ちている。数時間たった今でも野次馬が、私と同じように、熱心にのぞいているのだった。焼あとは水びたしで、部屋の中も暴風雨のあとのように散らかっていた。新建材の燃えた異臭は、まだあたりにただよっていて、いがらっぽい。植込のむこうで、男たちの話し声がするのは、消防署の人だろうか。

ふいに私は、

「危ない所でしたね、おたくも」

と声をかけられた。見ると、いつぞや、先生に原稿をよんで下さいと、トランク二個分の原稿をおいていった武内青年である。

「火事やというから、ビックリして飛んできたんスよ——えりか先生の隣りや、と聞いたもんスからね。もしものことがあったら火の中へ跳びこんでも救おう、と思って」

私は、にこにこと、かわいい笑顔をみせる武内青年に好意をもった。青年は再び、

「でもよかった! ほんとに、ボヤですんで。おたくへ延焼してたら大変な所でした」

と、満足そうにうなずいた。

「おかげさまで。ご心配いただいてありがとう、あなたは、ほんとに、先生の熱心なファンなのねえ」

私がいうと、青年は目を丸くした。

「なぜです? なぜ僕が?」

「だって、火事と聞いて火の中へ跳びこんでも救おう、なんて」

「あはははは。救おうと思ったのは、僕の原稿なンス。——心血をそそいだ原稿を預けてますからな」

「まあ」

こんな奴の原稿、焼けるがいいのだ。焼けるが勝ち。私はかたちをあらためた。

「だから、こういうことがあるから、おあずかりしたくないんですわ。それに、先生はお忙がしくて、とてもお読みになれないと思いますわ」

「いや、そうは思えないス。いつ、どんな拍子に覗いてみよう、という気がおきないものでもないス。何となれば、先生は、女で、しかも作家ですからな。つまり、気まぐれで好奇心が強いのです。女で作家であることは、それが自乗されますから、いつか読むはずであるのス」

私たちは「いつか」肩を並べて、郵便局の方へ向って歩いていた。肩を並べて、といっても、青年の方はひょろひょろと、私よりずっと高い。

「私、読ませて頂いたんじゃないんですけど、見せて頂いたことはありますわよ、トランクをあけると、自然に目に入ったんですから」

私は皮肉っぽくいってやった。

「あれ、タシカ、下巻と第二章からはじまっていましたけど、上巻と第一章を忘れていられるのじゃありません?」

「ハハハハ、あれは、下巻と第二章から始まるのです。僕、どうしてか、上巻や第一章書く気にはならないス」

勝手にせい、といいたいところであった。

三丁目の銭湯《ふろや》はもうかなり駅にちかい裏通りで、アパートも、ふろやの経営だそうである。しかしかなりふるびたアパートであった。

青年はしきりに寄ってゆくようにすすめたが、私は用事を持っており、かつ、何よりも、上巻や第一章を書くのが厭《いや》で、下巻と第二章から書きはじめる趣味のある人間は、信頼できない所がある。それに比べると、先生の方がまだ、マトモであろう。

三

実にあわただしい一日であった。こういう怱忙《そうぼう》に暮れた日でも、お牧さんは、時間が来るとさっさと片づけ、

「やれ、怖《こわ》やの、怖やの、さあ、早《は》よ去《い》の去《い》の」

とつぶやいてとっとと帰っていった。あとには、みんなの食事をきちんと並べ、台所はぴかぴかに磨きたてて帰っているのであるから、するべきことはちゃんとしているので文句をつける点はない。

しかし私には、外界で何があっても、自分の内なるものとかかわりなく、

「やれ怖やの」

ですんでしまうのが、うらやましくも思え、不可解にも思えた。それは、お牧さんが通勤であるため、一日の何時間を切り売りするだけの労働ですむ、そのことと関係があるかもしれぬ。

でも、お牧さんのような人は、一九九九年は七の月、恐怖の大王が空から槍《やり》を降らして人類を滅亡させようとかかっているときでも、

「やれ怖やの怖やの」

と平然とうそぶいているかもしれない。そうして、水爆で地球の半分が吹っとんだ時でさえ、お牧さんはあたまから土煙をかぶりつつ、

「さあ、早よ去《い》の、去《い》の」

とエプロンをくるくる巻いてひき出しへ入れ、ハンドクリームをつけて手をこすり合わせつつ、トットと帰ってゆくのかもしれない。

どっちを向いても強い人ばかりである。

そこへくると私は、あれに気をとられ、これに気をとられで、うろうろするばかりであった。

鈴木クンはまだ待っていた。彼は今はソファにもたれかかり、美しい顔を苦しげに歪《ゆが》めて、ねむっていた。そのさまは、まるで、

（どうなとしてくれ。さあ、殺すなら殺せ）

と尻を捲《まく》った姿にみえた。私は、鈴木クンの夕食を運ぼうとしたのだが、目がさめてからにしようと思い、また台所へひき返した。

さゆりちゃんが煙の如く台所に入って、食事していた。さゆりちゃんが、用意してある食事を摂《と》るのをみると、まことにホッとする。

べつに私は、さゆりちゃんの母親でも姉でもないのだけれど、食事どきに食事している、というだけで、（ヨカッタ、ヨカッタ）と思う。とてものことに私は、（やれ怖やの、早よ去の去の）という気で、突っ放せない。しかしさゆりちゃんは、髪の毛を皿に垂らし、顔を隠すようにして食べている。私に話しかけられたくないために視線を合せないようにしている、という感じを受ける。

そんなことは、「早よ去の去の」精神でほっとけばいいのだ。――そう思いながら私は、やっぱり、いつか見た、忍者のように塀から出没するボーイフレンドや、カップヌードルの山や、いろいろ考え合せ、故《ゆえ》しらぬ不安を感じてしまう。今日のボヤ騒ぎ、大学進学のこと、好きな歌手のこと……いろんな話題をひっぱり出そうとするのに、さゆりちゃんは、ますます、だまって、ネズミが物をひくように、知らぬ間に食べてしまう。そうして、小さい小さい声で、ごちそうさま、といって立っていく。

さゆりちゃんもまた、「やれ怖やの、早よ去の去の」で、他人と関わりをもちたくないのかしら？

やっと鈴木クンの所の原稿が出来上ったのは、最終の新幹線の東京行に危うく間に合う時間であった。鈴木クンはものもいわず、封筒をひっつかみ、

「ありがとうございましたッ！」

と一ト言、泣いて血を吐くホトトギス、という風情《ふぜい》、あっち向いてこっち向いているうちに、風の如く消え去った。

「ノボちゃーん。さようならア。また来月も来てねッ！」

えりか先生は門まで追っかけてゆき、叫んでいたが、私は、鈴木青年は、来月はヨソの担当にさせて下さいと、編集長に泣きすがるような気がされた。

「さあ、今夜は宴会だ、飲もう。債鬼は紙クズと共に去りぬ。——オッサンを呼べーッ」

とえりか先生は手を打ち合わせ、スキップして廊下を歩いた。オッサンというのは無論、旦那《だんな》の土井只雄氏のことだ。

「オッサンは——」

とつい私はいいかけ、あわてて、

「ご主人は、さっきお電話で、晩ごはんは要らない、おそくなるかもしれないからドアは閉めておくように、といわれました」

土井氏は、何だか電話の声ではいそいそと嬉しそうであった。

「ナヌ。帰らんというたか」

えりか先生はこわい顔になる。

「いいえ、おそくなるかもしれない、とはいわれましたけど、帰らない、とはおっしゃいませんでした」

「麻雀《マージャン》というたん?」

「いいえ、べつに。あたしが、今日隣りがボヤさわぎで大変でした、もうちょっとで延焼かと、ひやッとしました、といっても、ア、ソウと平気でした」

「ボヤさわぎ?」

先生の目はまん丸くなった。

「どこが⁉」

「どこがって、隣りですよ、隣り!」

私もどなった。先生は純粋にびっくりし、

「そんなこと、あったの?」

何をいうとんねん。

見れども見えず、聞けども聞かず、とは先生のことではないか。

「お昼ごろ、すごい煙が入ってきたでしょ」

「そうかなあ。そういえば、そんな気もする。ノボちゃんがえらい煙草《たばこ》吸うてる、思《おも》てた」

「煙草で、消防署が来ますか！」

えりか先生はキョトンとしている。この分では、水爆が落ちても先生は「換気扇廻しなさい」というだろう。

「へー」

と先生は頓狂《とんきょう》にしばらく考え、ハタと横手を打って、

「隣りが火事！　えらいこっちゃがな！」

と叫ぶのであった。そうして、すこし時期おくれの衝撃によって、旦那のことに思いを馳《は》せたらしく、腹立てて、

「留守宅が火事やいうのに、どこをうろつきまわっとんねん、麻雀してる場合とちがう。さっさと帰ってきたらええのに、バカモン」

そうしてまた、火事に気をとられたらしく、

「どっち?」

と指さした。東隣りか西隣りか、というのだろう。

「西。すごい焼跡ですよ、あれ、ボヤいうてもたいへんですね、部屋中、水びたし。それに消火液で、そのへんワヤクチャでした」

「そうや、消火器を買わねば! また、こういうことになったら困る。今から買いにいってちょうだい、消火器、消火器」

「どこに売ってますか」

「そのへんにない?」

消火器なんて、自動販売機では買えないのだ。先生は思いつきでいうからこまっちゃう。

火事の話で先生はしばらく土井氏のことを忘れたが、酒を飲むうちに思い出したらしい。

先生は、私を相手に、食事をし、酒を飲む。今夜は、台所で、椅子《いす》に坐《すわ》って飲んでいる。

「妻が、飲もうという時には、ちゃんと亭主たるもの、家に帰ってるべきだ! そうでしょ、マリ子さん」

「ハイ」

私は、もうさゆりちゃんと同じときに食事をすませていたから、水割りをすこし頂いてつきあう。

「妻が仕事してる時には、目につかぬように片隅でひっそりしてるべきなのだ！　そうでしょ、マリ子さん」

「ハイ」

「ああいう目障《めざわ》りな、ぶくぶくした醜悪なる物体がデカいつらをひけらかしてうろついていられては、まとまるべき構想も乱れてしまう。そういうときは肩身せまく小さくなって、なるたけ仕事の邪魔にならぬようにつつましく暮らし、メシも食わず音も立てぬ。しかし、こっちの仕事が片付いて、今夜あたりゆっくり飲もうというときには、早くから用意をして、待ってるべきなのです」

「ご尤《もっと》も」

「麻雀！　何が麻雀です。またあのハイ・ミスと会《お》うとるのんちゃうかしらん」

先生は深刻そうに、ひとりうなずき、コップのお酒を飲んだ。

お牧さんは今夜、はもの皮と胡瓜《きゅうり》の酢のものに、大根と豚肉のたき合せ、うなぎの八幡《や》巻《わたまき》という献立にしている。先生はおひるは、おにぎり二つにたくあん、という食事だったので、かなりよく平らげ、私は狼狽《ろうばい》していそいでお酒を暖めた。先生は気むずかしくいった。

「お酒」

とコップを出した。

「この、間《ま》をおかず、燗《かん》をするべきです。そのぐらいの気働きがなくてどうする」

「申しわけございません」

「あなたもそのうちには結婚する」

「あたしは……」

「いいや、悲観しなくてもいいよ。どんな女でも、相応のあてがい扶持《ぶち》は、天から授かる。たくほどは風がもてくる落葉かな。——絶望してはいけません、きっとそのうち出物《でもの》がある」

何も私は、結婚相手がなくて絶望しているのではないから、ムカッときたが、酔っぱらっている人を相手に議論することもなかろう。

「結婚したら、旦那のために、ね、細心の注意を払ってあげる。それでこそ、男は家に居つくのです。どこよりも家が居心地よくなるのです。嵐の中の避難港になるのです。闇夜《やみよ》のひとすじの光明になるのです」

「ハア」

やっとお燗が出来た。私は、間《ま》があくと説教されると思い、いそいで次の徳利をまた、電子レンジに入れる。先生はあわてて制止し、

「あ、それは飲むかどうか、わからない。今から暖めると燗ざましになってしまう。飲み手の顔色見つつ、あたまを働かせ、心をくばって、臨機応変にする。それが、女の愛情というものです。わかる？」

「ハア」

「料理というのは、愛情なくして出来ない。酒の燗ぐらいといいますが、これなんか、こまやかな心くばりがなくてはできるこっちゃないよ——そうだ、酒の燗について、書こう。マリ子サン、何か、女の雑誌から来てたね」

「ハイ、『問題女性』のエッセーです」

「うん、そこや。心のアサハカな妻は、お燗をしても間《ま》をあけて、亭主を手もちぶさたにする。そうかと思えば、徳利を並べりゃいいんでしょ、てんで、じゃまくさそうにまとめて燗をする。田舎の結婚式じゃあるまいし、まとめて面倒みる、というような、ええかげんな心の貧しいことでは、愛情こもっているとはいわれへん、妻の心得です」

「でも先生、『問題女性』では、先生のご結婚生活、というのがテーマでしたよ」

「ヌハハハ、おろかものめが。そういうテーマを考えつく編集者の顔がみたい」

「女流作家、女流評論家の語る結婚のすべて——でした、妻の心得では、すこしピントはずれるかもしれません」

「ウーン。そうかなあ」

そこへ電話があった。私は走っていったら、

「……モーシモシ」

と、また進藤森夫なのだ。これが。

「こんばんは。マリちゃん?」

彼は、なつかしそうにいう。私はそのなれなれしい声に、彼は酔ってるのではないかと直観的に思った。

「何ンか用? あたし、いそがしいんやから、そうそう、電話せんといて!」

私はつっけんどんにいった。こんな場合、「電話しないでよ」という標準語よりは、「電話せんといて!」という大阪弁の方が、冷酷無残にひびくものである。上方弁というのは、やくざのケンカと、女の意地悪《いけず》のときは、おそろしくぶきみに、非情に、血も凍るばかり冷たい言葉になる。

果して、一ぱい機嫌だったらしい森夫は、ちょっと、しどろもどろになり、

「すまん。すまん。……いや、べつにその、用はないんやけどな、ちょっとマリちゃんの声が聞きとうて」

と弁解する如くいう。私はわざと下品な言葉で、（何吐《か》してけつかんねん）と思った。自分は新婚で、女房はおめでたで、実家へ帰ってるくせに（なぜか私は、そう信じこんでいた）なぜ、私の声なんぞ聞きたいのだ。

「いや、あんたのいてる、そこの隣り、火事やったやろ」

森夫が「そこ」というと、ほんとに、彼は私の住む所をいつも意識して、関心を払っている、そうきこえた。私は意地わるく、

「それがどうしたの？」

「あのう、焼跡見にいってたら、マリちゃん、ヨソの男と、あるいてたね」

武内青年と肩を並べて、郵便局の本局へ向ってたのをいうのだ。いつも、どこからか観察してるとは、よっぽどヒマなのであろうか。

「あれはどういう男。のっぽ」

「ボーイフレンドです」

「ううむ」

森夫は辛《つら》そうな声になった。

「男前の旦那さんだけでは足らんのんか」

「足らん足らん、欲求不満や」

私はこうなれば、もうはずみがついて止まらない。

「だいたい、旦那はいつもいないんやもの。たまにしか帰って来ないんですからね、ときどき、使い捨ての男の子と遊ぶのだア」

「うーん」

「いそがしいんだ、昨日はケン坊、今日トミー、目移りしてどれもこれもええ奴《やつ》。みんなみんな、やさしかったよ、と、こう来ちゃう」

歌の文句になったが、森夫は、それどころでなく、夢中で口走ってる。

「何やと、こら! そんなええかげんなことして、お天道《てんと》サンに恥ずかしないのんか、遊ぶ、て、どのへんまであそぶねん、手エつないで弁当食いにいく幼稚園みたいなんもあるし、オトナのあそびもありますがね」

「ご想像にまかせるわよ。あんた、あたしの何なのさ、無礼者。そんな説教垂れる仲かどうか考えてみい!」

ガチャン。

イヒヒヒ。私は、いい気持であった。

いい気持は、えりか先生も同じで、先生はいまは、「祇園小唄《ぎおんこうた》」をうたっていた。

これはえりか先生がいつも鼻唄で唄ってるもの。

しかし、先生の上機嫌は、その晩までであった。旦那の土井氏が、その晩も、翌日の晩も、そのまたあくる晩も、帰ってこないのである。

四

「今夜は、旦那さん帰りはりますか。晩御飯の用意の都合がありますから」

とお牧さんが、平気な顔で先生に聞きにきた。

えりか先生はこの二、三日、わりにひまである。といっても仕事は忙がしそうであるが、東京から編集者が取りに来て一分一秒を争う、とか、彼らが列車の時刻表を繰って、今なら東海道線で帰れる、というような綱渡りふうな忙がしさではない、ということである。

しかし、書きものの合間に、インタビューだの、写真だの、電話アンケートだの、そういうものにこたえていると、書く時間がなくなる。そこで、規定の時日に、原稿がおさまらない。と、東京ならびに大阪から、督促の電話が矢のようにくる。結局、同じように忙がしくなってしまう。

そうして私などからみると、先生は仕事の混まないときは居眠りし、混むときもうたたねしているときが多いので、結局、書く時間がなくて、いそがしいのではないかと推察される。

先生は、うたたねしているときは、よっぽどぐっすりねこんでいると見えて、すぐそばの電話が鳴っても気付かない。電話が鳴っているのに、先生の部屋はしーんとして音もしないので、私が、おそるおそる戸をあけてみると、えりか先生は机に顔をつけ、前後不覚というていたらくで、ヨダレを垂らして寝込んでいるのだ。

書きあげた原稿に、ヨダレのあとがついたりしている。

先生はそれを「日光消毒」と称して陽にあてて乾かす。私は、新しい原稿用紙に書きうつせばよいのに、と思ったが、黙っていた。

原稿にはシミが残るが、先生は書き直す時間と手間を惜しんで、日光消毒で済ますのである。そうして、編集者が、お書き頂けましたか、と電話してくると、

「書きあげたわよ、大傑作、珠玉の名作！　われながら感激して、書いてる本人、泣いてしまった！　涙の跡が点々だよ、ヌハハハ」

なーんて、いってる。

さて、そういう調子で、結局、いつも忙がしいえりか先生に、お牧さんは平気で「旦那さんの御飯の用意の都合」なんて聞きにくるのだ。私は、ハラハラして、目をつぶりたい思いであった。

先生は仕事もたいへんだが、片一方で、土井氏がもう三、四晩、家を空けていることでイライラ、カッカときてるのだ。先生は毎朝起きると、

「あのオッサンはゆうべも帰らなんだのか?!」

と叫び、その翌朝は、

「また、あの阿呆《あほ》は帰ってないのか！」

と罵《ののし》り、その翌朝も、

「ゆうべもか、あのくそガキは！」

と怒号して、だんだん、土井氏の代名詞が格をおとされてゆくのである。そういう先生のご機嫌も顔色も知ったこっちゃなく、お牧さんは、朝、出勤してくるとセカセカした事務的な足取りでやってきて、ツラの皮千枚貼《ば》りという平然たる顔で、

「今夜は旦那さん帰らはりますやろか」

と聞くのであった。お牧さんは、強い強い人である。

「そんなことがあたしに分るものか！」

果して先生はあたまから一喝した。しかしお牧さんは顔色も変えず、

「そやけど、この間から毎晩用意しても食べはらへんのやから、ソツになって勿体《もったい》ないですわ。帰りはるのか、帰りはれへんのか、そこらへんがハッキリしたら、用意せんですみますのや。この間からのアマリモノ、私がずーっとお昼に頂いとりますが、あんまり勿体のうて。いや、帰っても帰らんでも用意しとけ、いいはるんなら、こさえますけど、物の高い折ではあるし、私や、こちらさんの家計のこと考えて、いうとりますねんわ。――先生はお金持やから、お金にお厭《いと》いはないけれど、アマリモノやノコリモノを沢山出《ようけ》して食べきれんというのは、これはお天道《てんと》サンに対して申しわけない、私ゃ、古い人間やさかい、ついそう考えますよってなあ、アハハハ……」

とお牧さんは立板に水でいい、先生に貫禄《かんろく》負けする、なんてことは全然ない。私みたいに先生に一喝されると、ほうほうの態《てい》で退散、なんてことはないのである。

これは貫禄、というよりも、お牧さんの「やれ怖《こわ》やの、早よ去《い》の去《い》の」という、「けろり」精神のもたらすところであろう。ガラス玉や陶磁器に、水は沁《し》まないのと同じで、いくら水をぶっかけられてもすぐ乾くようなものである。

えりか先生は、お牧さんのオシャベリの間にすこし、あたまののぼせが冷えたらしく、

「どこへいったか連絡ないんやから、しようがないのよ」

とふくれっつらでいった。

お牧さんは、みるみる顔を輝やかせ、ぺたん、とそこへ坐った。

「えっ、ほんなら、行方不明でっか。家出、蒸発……」

「家出ではないと思うけど、何もいうていってない」

「ハハア。会社へ行ってはりまんのんか」

「会社?」

先生は愕然《がくぜん》としたごとく、

「そや、あの阿呆、会社はどないしとんのんやろ、マリ子サン、聞いてみてえ!」

と叫んだ。ほんとうは、私も、早く会社へ連絡してみればいいのに、と思っていたのであるが、いくら住み込みといっても、他人の家庭の内輪まで口を出せないので控えていた。でも、土井氏がどうしてるかは、私も興味があったから、電話に飛びついた。ところが、えりか先生は、旦那の勤め先の電話番号を知らないのであった。

「そんなもん、いちいちおぼえてられるか」

と先生は叫び、私は土井氏の服を、箪笥《たんす》から引っぱり出して、かくしを探ったり、ひき出しをあけたりして、やっと名刺をとり出した。土井氏は既製服会社の専務取締役である。

早速、会社へ電話してみると交換手嬢が、

「土井専務は、今日はおいでになっていられません」

という。

「いつからお休みでしょうか、お休みの届けが出ていますか」

と私が重ねてたずねると、交換手嬢は、めんどうくさいな、という感じの声で、

「ちょっと待って下さいネー」

とひっこんだ。語尾の「ネー」には、親しみや恐縮はなくて、「この忙がしいときに」という舌打めいたものを感じたのは私のヒガ耳だろうか。

こんどは男が出てきた。中年の雑駁《ざっぱく》な声である。

「ああ、土井専務は休暇とって休んでます、え? いつ出てくるかて? そら、わからん、何とも聞いとりません、ヘイ」

どうも、この男は、「土井専務」に対して尊敬の念はあまり持ち合わせていないようであった。私には、土井氏の、社内における位置が推察されるような気がした。また、専務取締役といえば、たいそうな地位であるようにも思われるが、あんがい、「何にもせん務」であるようにも考えられる。

「フーン。会社も休んどる。どういうことやろ、これは。今まで、こんなことはないんやけどなあ」

先生は、考え深そうにいった。

「思い立って骨休めに旅行でもしてられるのとちがいますか」

私はそういった。

「いや、そんな哲学味のあるオッサンとは違うんだ、あの単純な脳味噌《のうみそ》の中には、思い立つ、とか、骨休め、とか、旅行とかいう、しゃれた概念が浮ぶはずはない」

先生は確信ありげに断言した。

「もっと卑近な、卑猥《ひわい》な、手近の、手っ取り早いことの方に興味をもつはず。庶民的な、下世話《げせわ》な、小人《しょうじん》の楽しみの道楽やと思うね」

「ハア。パチンコとか」

と私はいった。

「そういう風流げはない、もっと簡便、安っぽい、もっと下級な趣味」

パチンコが風流なら、もっと下級は何だろう。

「女！　女です」

先生は叫んだ。

「あのくそバカに惚《ほ》れてるハイ・ミスがそそのかしたのだ、きまっている。磯村冬子という女です」

それで、私は思い出したのだ。「只雄サンいますか」と電話をかけてきた、若い女を。

「あれまあ、旦那さんにそんなんがいやはりますのか、へえ!」

とお牧さんは嬉《うれ》しそうにいい、それは土井氏の艶聞《えんぶん》を祝福しているのではない、ただもう、女の通性として、モメゴトを人の上でさえ聞くのが大好き、というたぐいのものにみえた。

「そうだッ! まちがいない、あいつはオッサンにかねて惚れとった、あの女が、オッサンをかどわかしたのだ」

先生はペンを短剣のように持って、原稿用紙に突き立てた。あッ、そんなことしたら万年筆の先がつぶれてしまう、と見ていると、

「ああいうことをする奴です、また、オッサンは趣味が下等であるから、女にあえばすぐ、ヘナヘナととろけるのだ!」

先生はいううちにだんだん自分で自分の言葉に腹をたてたらしく、原稿用紙をねじって引き裂いた。そのへんは雪のように紙くずが散らばり、私はそのおそろしい形相

にたじたじとして、そうっとあとずさりに離れようとするのに、お牧さんは、ノミにかまれたほどの気もないらしく、

「ほんなら、旦那さんの分の晩ご飯は要りまへんな？　そんな結構な目エみてはるのやったら。——先生、男はんいうもんは、なんぼまじめで堅物でも油断なりまへんで。先生がなんぼ賢うても、ころッとだまされます。——やれ、怖やの、蒸発、蒸発……」

と歌のように口ずさみながら、台所へいった。

そこへ折も折というのか、やってきたのは「満載小説」編集者、有吉太郎氏である。

「この間はありがとうございました。いや、次の催促に来たんじゃありません。まだ少し早いです」

ジャガ芋こと有吉氏は、屈託なくしゃべる。

「ちょっと取材で関西へまいりましたのでついでに、といっちゃなんですが、ご挨拶《あいさつ》に伺いました。それから、ご主人にもお目にかかって、と、今日は酒持参で来たんですが」

ジャガ芋は、舶来の酒の壜《びん》を見せた。

「あいつは蒸発中よ」

先生は、にがにがしくいう。

「えっ。誰が」

「誰がって、あのスカタンですよ、いなくなっちゃった」

「いなくなったって」

「女とかけおちしたんかもしれへん」

するとジャガ芋は弾《はじ》けるように笑い出した。

「旦那が！　いや、これはこれは。最近、出色の冗談です。先生の冗談は老来、ますます、冴《さ》えますすな。いや、老来といっちゃ悪いか」

「誰が冗談をいう。ほんとのことですよ」

ジャガ芋はキョトンと笑いをおさめ、

「しかし、何のために、あの旦那が」

「色の道ばかりはわかりませんからね」

「うーむ。あの旦那にできることがオレに出来ぬ、とはなあ」

ジャガ芋は、自己中心的な男であるゆえ、ヒトのことを聞いてもすぐ自分にことよせて考えるようである。しかし、なお半信半疑で、

「で、行先とか、女とかはわかってるんですか？」

「わかってりゃ、何とかしますよ、わからんから腹立つのよ！」

「どならなくッたって、よく聞こえてますよ」

ジャガ芋は、お牧さんと別の意味で強い人で、先生の不機嫌をおそれないのである。

「じゃ、仕事なんか、腹立って出来ないでしょう」

「そうよ！」

「あれか、これか、考えて腹を立てるくせに、先生のことだ、あちこちへ問合せるとか、さがすとか、何もしてないんでしょう」

「じゃまくさい！」

「旦那は（いつのまにかジャガ芋は、ご主人という敬称から旦那になってる）ほんとに女とどこかへしけこんでるのか、どうか。そうでないかもしれん、とは思わないのですか」

「きまってるのだ、あのオッサンに惚れてる女がいるのだ！」

「あの旦那に、ねえ……物好きな。いや、僕はあの旦那が好きですがね。男の好きな男は、大体、女は好かんようですから、大丈夫と思うが、しかしひょんな拍子に虫のつくこともある。先生、いいことがあります」

ジャガ芋は元気よくいった。

「占いを聞いてみませんか。いや、実は僕、その取材で関西へきたんです。蒸発した人間の行方や動静を占うのです。よく当る、っていう評判なんです。僕は明日、そこへ取材にいくことになっていますが、先生、よろしければ旦那のことを占ってもらえばどうですか? ちょっと変った、鼻占いというのです」

先生は一瞬、とてもうれしそうな顔になった。

「へー。面白そう。何の花を使うの?」

「いや、フラワーじゃありません。ノーズの方です」

ジャガ芋は、小ジャガイモをくっつけたような、自分の団子鼻を押えてみせた。

「鼻占いって、どんなことをするの?」

先生は、今や全く、夫の動静よりその方に好奇心をもち出したようである。

「蒸発した人の、あとへのこされた人の鼻をみるのだそうです。鼻をみれば、蒸発人、家出人の消息が出てるんだそうです。つまり、鼻の穴のひろがりかげん、とか、鼻毛ののびかげん、とか、鼻の恰好《かっこう》とか……」

「そんなもんでわかるのかしらん」

「百発百中、という評判です」

ジャガ芋は重々しくいった。

「その占いの先生の受け売りですが、鼻は顔の中央に位し、ハナハナ重大な人間の運勢を受け持っているのだそうです。こう、鼻毛のそよぎかげん、とかで微妙な運命をよみとるんじゃないですか、いや、公害の多い当節、鼻毛がのびすぎると、易者先生のカンが狂うかな、ハッハハハ……」

私はジャガ芋に不信感をもっているからずいぶん、いいかげんな話だと思ったが、先生は子供のように夢中になって、

「いってみよう、いこう、いこう！」

と叫んだ。

五

鼻占いの先生というのは、坊さんであった。

そうして、その事務所というのか、診察室というのか（坊さんが、鼻に天眼鏡をあてて見ている図は、易者というより、耳鼻科の医者に近かった）住居はふつうの民家、ひらたくいうと、長屋の一軒であった。

えりか先生につき添った私、それにジャガ芋と、大阪から合流したカメラマン、その四人が、うち合せた時間に訪れたとき、お坊さんはほかの人を占っていた。

私たちは、次の間へ通され、そこで待たされた。

次の間といっても、そこにも大きな仏壇があり、いわばこの民家が、お寺になっているという、あんばいらしい。下町には時々、こういう極小の寺があるものである。

そういえば、長屋の中のこの一軒だけに、とても大きな標札が掲げられ、「××山○○寺」とあったのを、私はいま思い出した。

私たちの坐っている四畳半の間の向うは台所らしく、お醤油《しょうゆ》で煮炊《にた》きする、いい匂《にお》いが流れてくる。時々ちらちらと襖《ふすま》をあけて、姿を見せる、そそけた髪の中婆《ちゅうばあ》さんが、つまりは、だいこくさんであるらしい。

えりか先生は何でも好奇心旺盛《おうせい》な方なので、(これは、武内青年のコトバがあてはまる) 経机の上の和讃《わさん》の本をとりあげてめくったり、鉦《かね》を撫《な》でてみたり、画像の仏サンをしげしげながめたりしていたが、やがて、隣室の坊さんが、

「ハハーン。これは心配ない」

という声で、そっちの方へ、気をとられたらしかった。

先客は、五十がらみのおじさんである。

何でも話のきれっぱしを耳に入れた所では、高校生の娘が、家出したらしいという。

「その娘ハンは、機嫌よう、西の方で暮らしてはりますな」

と坊さんはいった。フニャフニャした声であるが、卑《いや》しげな響きはないのである。いかにも、万巻の書を読んだお坊さんらしい、おとなしげな声で、親しみ深い大阪弁である。

「西。そんなこと、わかりまっか」

いがらっぽい声で男はいった。

「わかる。何となればあんたの鼻柱は左、つまり西にかたよっておる。そうして、鼻のすわりも安気《あんき》そうにどっしり、あぐらかいておるなあ。――これでみると、娘さんは、案じるほどのこともなく、暮らしておるらしいが、どうやら、男と一緒やな」

「えっ。それが分りまっか」

男の声はすこし、うわずっていた。

「分る、分る。あんたの鼻の穴は二つ、仲よう並んで、おさまってる。その穴の位置がまことに仲好《なかえ》え。娘さんは、その男に惚れとるらしい」

私は、鼻の穴というものは、元来「仲よく」二つ並んでいるのが当然だと思ったが、男はハタと思いあたった風で、

「やっぱり!」

と唸《うな》っていた。

「娘は、スナックのボーイと仲ようなって結婚さしてくれ、いうたんですわ。私も家内も大反対したんで、ふくれてましたが、するとその男と一緒にしめし合したんかもしれまへん。男の実家は、九州や、いうさかい、西、いうのもあたってますな。早速、そこをさがします」

「あ、ちょっと待ちなはれ」

坊さんは、あわてて声をかけ、

「あんたは、いま、カッカと怒ってなはるな」

「はあ。そらもう。腹立ちますわいな。男の親さがし出して、そこから娘と男の居どころを調べて、見つけたら……」

「さ、そこや。あんたは力ずくで、娘さんと男を割こう、思《おも》とる。腕ずくで娘さん連れて帰って、家に閉じこめてきびしイに折檻《せっかん》しよう、思てはる」

「わかりまッか」

「鼻毛が、嵐《あらし》みたいにゆれてんのんみたらわかります」

お坊さんはすましていった。

「そやけど、それで、娘さんが、按配《あんばい》いくとは限らぬ」

「ハハア」

「若いもんの言分もとっくり聞かねばならぬ。——それに今日びはあんた、何したかて食える世の中やし、娘さんも親もと離れて却《かえ》って幸福で、生きる希望みつけて愉快にやってるかもしれん。いや、そうにちがいない」

「わかりますか、それが」

「それは、あんたの鼻のあたまの丸みでわかる。向うが不幸わせに泣いてると、鼻のあたまも尖《と》ンがってくる。そやから、あんたもひとつ、心を広うにして、もし見つかったら平和に話し合う、という心がけでおらぬといけまへん」

「ハハア」

男はことごとく感心したようであった。

相談はそれで終り、男は、私たちの待つ次の間へやってきた。そうして、中婆さんの夫人に鄭重《ていちょう》に挨拶し、出ていった。私は（えりか先生に劣らず）好奇心が強いのか、男の顔をチラと一べつしたら、ほんとに坐りのいい獅子鼻《ししばな》で、ちょうど梅鉢の紋を二つに割ったような形、あれでも、「鼻のあたまが尖ンがる」ような相が、現われることがあるのであろうか？

「次の人、どうぞ」

と朗らかな坊さんの声で、私たちはゾロゾロと隣室へはいった。

坊さんは、ここにも画像の仏サンが安置してある、それを背に、折りタタミ机を前に坐っていた。剃《そ》ったあたまに毛がのびかけていたが、それはほとんど銀色に光っていた。そうして、白い着物といいたいが、薄汚れてネズミ色になったのをまとい、不精ヒゲも、半ば銀色であった。

小さい、貧相な男で、ニコニコしていたが、その笑いでよけい貧相にみえる、というような人である。薄い、汚ない座布団《ざぶとん》をすすめ、数が足らなかったので、自身立っていって、仏壇の前から、もう一枚取ってきた。

机の上には、数珠《じゅず》や、お経の本や、天眼鏡や、折りたたまれた日本手拭《てぬぐ》いがある。

ジャガ芋こと有吉編集者は、電話で打合せた「満載小説」の者であるといい、取材、兼、実際に占って頂きたい事があるので、その分は取材の謝礼と別に報酬を払う、というようなことをしゃべった。この男は、なかなか、てきぱきしているのである。

「ああ、『小説山盛』さんやったな」

と坊さんはいい、ジャガ芋は身をのり出して、いま渡したばかりの名刺を指さし、

「ちがいますよ、『満載小説』ですよ、まちがわないで下さい。わが社のは人気沸騰《ふっとう》、評判傑作づくし、断然、『小説山盛』や『抜群小説』を抜いてます!」

と、愛社精神に燃え、叫んでいた。

「ああそうか、『満載小説』さんか、年とると、モノオボエも悪うなってなあ、同じようなもんやさかい、中々、おぼえられへん」

「困っちゃうなあ。それはともかく、まず、占いでおねがいしたいことがあるんです。このかたですが」

と、ジャガ芋はえりか先生を押し出した。

お坊さんは、フムフムとやさしそうにいい、薄汚れた白衣の膝《ひざ》をすすめ、天眼鏡でじーっと、えりか先生の鼻を見た。

えりか先生は、あまり見つめられて、鼻がむずむずするのか、人さし指で、鼻の下をこすった。私は何となくおかしかった。先生がそうやると、何だか、悪戯《いたずら》ッ児《こ》がウソをついたのを見破られまいとするような感じだった。

「ハハア……」

坊さんは、うなずいた。

「やはり、蒸発か、家出か……」

「そうなんです」

先生や私より先に、ジャガ芋が返事する。この男は、出しゃばりなのである。

「フーム。そして、それはあんたの御良人《ごりょうじん》やなあ」

坊さんは、ご主人という所を古風にいった。

「わかりますか?」

えりか先生は頓狂《とんきょう》に叫んだ。

「鼻の穴でわかる」

坊さんは重々しくうなずき、

「鼻の穴が小さいときは、子供の家出、大きいときは配偶者の蒸発」

両方、蒸発したときはどうなるんだろうと私はききたかったが、えりか先生ときたら、しんから感心して、

「フーム」

などといっているのであった。えりか先生は、一筋縄でゆかぬようにみえながら、また、へんに単純で簡単な所があって、いっぺん感心すると、とことん、感心してしまう。

「どこにいるか、わかりますか?」

えりか先生は熱心に聞いた。

「ウーム、そやなあ」

坊さんは何思ったか、天眼鏡を置くと、

「ご免なされや」

ととわって、手帳のように折りたたんだ日本手拭いをひろげ、咳《せ》きこんで痰《たん》を吐き、口元をよく拭い、また、ちゃんとたたんで机に置いた。することがじじむさく汚ならしい。

礼儀正しいような、無躾《ぶしつけ》なような、へんな坊さんである。

「これは少し遠い所におるようですなあ」

「外国ですか?」

「いや、それほどでもないが、何しろ、あんたは、鼻と口のあいだ、眼と眼のあいだがたいそう離れておる、これから見ても、かなり離れた所に、御良人はおるはず」

ジャガ芋はしきりにメモをとり、カメラマンは、フラッシュをたいて、これでもか、これでもか、と撮りまくっていた。

さらに、カメラマンは、えりか先生の鼻に天眼鏡をあてている坊さんを、大うつしに撮った。

「そんな離れた所で、何しているんですか」

先生はじれったそうに聞く。

「うーむ、そこや、非常にふしぎなものが出てる」

坊さんは、先生の鼻を、こんどは横から見た。先生の鼻は、横から見ると、無きにひとしい。口の方がたかく、なっている。

「鼻が小さい割りに、威張って坐《すわ》ってる。これは、蒸発したお方が、ふだんは、おとなしげであるが、いったん、こうとなったら、テコでも動かぬという性質を持っていることを示す」

「あたりィー!」

と先生は叫んだ。

「あのド阿呆にはそういう、頑固さがあるのです」

「しかも、ふだんはじっとこらえて居《お》った、その忍耐が、いったん破れると、もとへ戻らんという意地強い所があるようやなあ」

先生はこんどは、「あたりィー」と叫ばず、じっと考えてるようであった。

「そういう人が、……うーん」

坊さんはすこし、あたまをかしげ、

「本能的なことをしている」

「本能的」

先生は不安につぶやく。

「たとえばどういうことですか?」

と膝をすすめ、興味しんしん、として聞くのはジャガ芋である。

「本能にはどんなことがありますか」

と坊さんはのんびりと反問する。ジャガ芋は指を折り、

「飲む、打つ、買う……」

私も口を出した。

「オシャベリ、おしゃれ、……」

「そういうものは余分なこと、人間の二大本能は食欲と性欲ですなあ」

坊さんは教えさとすごとく、

「この家出人は、本能の呼び声に惹《ひ》かれて家を出た。いわば野生のジャングルの叫びに、飼われておった動物が、本能の血が騒ぐようなものですなあ」

「じゃ、つまり、どういうことですの!」

先生はじれったげにいい、

「そやから、現在ただいまのところ、本能のおもむくまま、命ずるままに、行動してはるんですわ、しかしまあ、あんたの鼻みると、先がまるい。よって、その内には、丸う納まって、あんばい、ゆく、と出ておる」

坊さんはさらに天眼鏡をおしたてて、下からのぞくようにした。

「あんたの鼻毛には白いものも混っておるようや、つまり、何やかや、いいながら、共白髪《ともしらが》の末まで仲よういく、ということ。ここでさわぎ立てて、家出人を困らせぬ方がよろしおまっしゃろなあ」

「しかし、本能的なことをしているのに、これが抛《ほ》っとけますか。ナマイキではないか、あんな奴は、本能的なことをする資格なんぞないのだ！」

先生は、坊さんにどなり、坊さんは、びっくりして、

「そらそら、そんな風に怒ると、鼻相が険悪になります」

となだめた。ジャガ芋は機を見るに敏な男で、すぐ口を出し、

「なるほど、人相、手相、骨相というものもあるようですから、鼻相というのもあるのですな」

などと相槌《あいづち》をうつ。そうして、

「ところで、鼻占い、というのは何から考えつかれましたか」

などと、取材にかかっているのだ。

「鼻、というのは、前にもいうたようやが、これで中々大事なもの。鼻祖、という言葉もあるくらい、すべての大元でありましてな」

坊さんは文字通り、鼻をうごめかしていった。

「鼻ぐすりを利《き》かす、鼻毛をよむ、鼻が利く、鼻の下が長い、みなみな、鼻の大切さをいうた例です。鼻はその人自身ばかりやのうて、そのまわりの、もっとも近しい人の運勢をもあらわす。よって、家出人さがしにも、よう役立ちますのや」

カメラマンは、しゃべるお坊さんのまわりをめぐりつつ、こんどは、鼻に近づけて撮っていた。お坊さんは、鼻水をたらしていたが、私は、その水洟《みずばな》の垂れかげんも占いに影響するのであろうか、と考えたりする。

その間、先生は、

「本能のおもむくままに生きる、っていうのはつまり、例の女と、くらしている、いうことやろうか、え、どう、マリ子さん」

と私に、かみつくような顔でいうのであった。

ふと見ると、鼻はケンをもってふくれあがり、私は、坊さんのいう鼻占いも、まんざら当らないこともないいんじゃないか、と思えてきた。

えりか先生のこんな顔を見たら、いくら寝呆《ねぼ》けた犀《さい》のような土井氏でも、家へ帰りたくなくなるだろうからである。それに、「本能のおもむくまま」のたのしい生活を送っているなら、なおのことであろう。

目には目を

一

「本能のおもむくまま、というからには、つまり、排泄《はいせつ》も入るんでしょうなあ」

とジャガ芋は、家へ引きあげてから深刻そうにいった。そして指を折り、

「それに、碁、将棋……」

「そんなものが本能に入るわけ、ないでしょッ」

えりか先生のご機嫌はこの上なく悪い。

「しかし、あの旦那《だんな》のことです、わかりませんぜ」

カメラマンとは鼻占いの坊さんの家を出てから別れて、私とジャガ芋と先生の三人は家の応接室で、鼻占いの結果を検討しあっていた。

「まあ碁も入るかもしれないけど、蒸発のかげに女あり、と見た方がまちがいないッ。あなまいきな。そんなガラかどうか、胸に手エあてて考えてみい、というのだッ！　あ

のオッサンは元々、商売げなく欲なく、何をやらせても終戦後からこっち物にならず、あたしが拾いあげてやってから、やっと日の目を見て、今の会社を作ったのですッ！」

先生は、前にいる私やジャガ芋が、土井氏の代理人であるかのごとく、居丈高になっていった。

「ハハア。僕はそういう、くわしいことは知りませんでした、すると旦那は、先生と結婚してからうまくいくようになった、と」

ジャガ芋は好奇心むらむらという顔であった。

「本人はどう思《おも》てるか知らん、知らんけど、私のせいで、あのオッサンは生きていられるのです。私の活力と人格の輝やきが、おのずとあのオッサンに影響を及ぼしてたことはまちがいない」

「ラジュームみたいだなあ……先生と結婚してうまくいったということは、つまり、先生は福MANであったわけだ」

「何？」

「いや、こっちの話。それを捨ててまで蒸発するということは、これはよほどの魅力が、べつくちの本能にあったわけかなあ。うーむ、人は見かけによらぬもの」

「いったい、あんたは、どっちの味方なの、オッサンに感心してばかりいるんなら、今後もう『満載小説』は書かないよッ!」

「先生、それはないでしょう、僕はあくまで福MANの味方、いやちがった、先生の味方ですよ。わが社のためにも、ですね、旦那に帰って頂いて、共白髪《ともしらが》の末まで先生と仲よく——いや、鼻占いの権威によれば、共鼻白髪の末まで、お二人仲よく暮らして頂く、そうしてわが社の『満載小説』のために、いつまでも傑作を書いて頂く、と、僕は衷心からそれを願ってる者ですよ、ハイ」

ジャガ芋は、男のくせにしゃべりなのである。

「いったい、その本能の心あたりはあるんですか、えーと、その」

蒸発の原因となった女性(なぜかみな、そう思いこんでる)は、「本能」という言葉で片付けられてる。

「磯村冬子」

と先生はにがにがしげにいった。

「ホホウ、いい名ですな。先生のペンネームよりいいや、その磯村本能の居場所はわかるんですか」

「知らない」

自分の夫の会社の電話番号さえ知らぬ先生だから、それは知らぬはずである。

「勤め先とか、親・兄弟の家とか、手がかりありますか」

「全然わからない。オッサンの会社に以前いたOLです。今はどこへ変ってんのか知らんけど、とにかくちょいちょい連絡とってたことはまちがいないッ！」

「先生、やっぱり嫉《や》けるでしょう？」

ジャガ芋が無遠慮にいうと先生はにわかに猛《たけ》り狂った。

「あたしは嫉妬《しっと》とか、やいてる、とかそういう下賤《げせん》な感情でいうのではないのです！　奴《やつ》が、あたしの知らぬところで生きてる、こっちの知らん間にコソコソしてた、ということが許せないのですッ！　あたしが公認してそうするのならいい、でも隠れてこそこそするというのは、ぜったい、許せんのだッ！」

「しかし本能というのは、大体において隠れて、こそこそするもんとちがいますかね。おれはこれから本能するぞオーと叫んで、本能てどうすることか知ってるか、よーく見とけ、とどなる奴はおりませんからな」

ジャガ芋は先生の怒り狂ってるのに対し、ちっとも怖がってなくて、むしろ、オチヨクッてるのである。

「それに先生は、今まで旦那に対し、すこし抛《ほ》ったらかしではなかったですか？」

「何? あたしを非難するの?」

「いやいや、夫婦というものはいろんなタイプがありますから、一組ずつちがうのが当り前、僕は規準に照らして非難してるんじゃないです」

ジャガ芋はぷーと煙草《たばこ》の煙を吐き、

「抛ったらかし合いをして、うまくおさまってる夫婦もありますし。しかし先生の場合は、旦那をさびしがらせてたかも知れん。旦那は、先生よりむしろ、僕が好きだったかも知れんです。僕がいくのを、いつも楽しみに待ってた」

「ふーん」

先生はフト、不安そうに考えこんだ。

思い当るところがあったのかもしれない。

「旦那は、家ではいつも孤独を味わってた。先生は仕事、仕事で毎日追われ、タマに遊ぶときは、仕事先の人間と出かけてしまう。一人抛っとかれた旦那はぽつねんと、膝《ひざ》を抱えてテレビを見てる。その心中は如何《いかが》なりや? 旦那の淋《さび》しさ誰か知る」

「うーむ」

先生はイヨイヨ不安そうに首をかしげ、

「あんなオッサンにも淋しさがわかるのかしらねえ……」

「心なき身にも哀れは知られけり、ですよ。ああいう巨体の人は却《かえ》って繊細で傷つきやすいのです」

「そうかなあ」

先生は心もとなげな声を出す。

ジャガ芋がそういうと私も、そんな気がしないでもない。私はいつか、お牧さんのお休みの日に、土井氏に食事を作ってあげたことがあった。先生はあのとき、何というたか。

「あんなもん、何でもいい。オカズ屋で煮豆か、コロッケか、出来合いのもん、買《こ》うて来てえ」

といったではないか。しかし私は土井氏に好きなものを聞き、本と首っ引きで、何とか作りあげた。それは、土井氏に、そんな好意を起させる何かがあったからである。図体の大きな男が一人ポツネンとしてる後ろ姿は、何か女心の哀れをそそったのである。

ジャガ芋は更に声を励まし、

「旦那は僕と会うと顔が輝やいてた。そうして、飲み明かすのをたのしみにしてた。旦那は日頃、あまりにも楽しみがなかったんですな。何のために毎日アクセク働いてるのか、そういう人生の疑問がふと萌《きざ》したときに、『アーラ、土井さん、どうしたの、さびしいのね、あなた』……」

ジャガ芋はそこのところを、うまいこと女の口調を真似《まね》ていった。

「――なあんてやさしげに女にいわれたらクラクラと来ますでしょ。少くとも、自分に関心もってくれた、というだけで男は、めためた、となってしまう」

「そうかしらん?」

「夫婦、結婚のありかた、なんてもん僕は知らん、僕はまだ独りもんですからな。しかし、せっかく一緒に棲《す》んでいるからには、相棒、同居人が何しとるか、ぐらいの関心を持たにゃ」

「しかし、向うだって、あたしのことに関心はもってないんやからね」

先生は反論した。

「それそれ、女いうもんはすぐそうなる。それはくわしいことまで僕にゃわかりません、しかしあの旦那は、いつ見ても、ボサッとしとったことは事実。アーラ、の方へフラフラいっても仕方ないでしょ」

先生は、真剣な顔で考えこんだ。

「となると、もう帰ってくれないのかなあ」

「まあ、お任せ下さい、幸い、明日は日曜ですから、僕、もう一日こっちに泊って、磯村本能の手がかりを調べます。会社へもいって聞きこみしてきましょう。心配しないで下さい」

「フーン、あいつが淋しがってたのかなあ。そうかなあ。あたしはまた、オッサンは充分満足して、私の活力と人格の輝やきで、おのずと生活に張りをもって生きてる、とばかり思ってた……」

「そこのラジューム論は聞きました」

「フーン、あいつがボサッとして淋しがってたか。……もう帰らなかったら困るわ」

先生は単純であるから、すぐ、ジャガ芋の意見に感化され、心中、狼狽《ろうばい》したようであった。じっと考えこみ、反省してるようす。

「ま、そう深刻にならないで下さい、これ以上、先生まで蒸発されては大変です、日本文壇の損失です。なあに、僕がチョイチョイと当りをつければ、旦那の居どころぐらい、すぐわかりますよ」

「そうやないのよ、まさか、こんなことになるとは思わないから、このあいだエッセーに……」

と先生は私を省りみ、私はうなずいた。

「『問題女性』の、結婚生活について、というエッセーですわね」

「『問題女性』というのは、わが社のライバル『小説山盛』の『山盛書房』が出してる女性誌ですな」

「先生はそこに、お書きになったんです……」

私はえりか先生を見ながら、

「『亭主愛犬論』でしたわね」

「フーム。そりゃ面白そうですね、どういうものですか」

「つまりその、……」

私は言い淀《よど》み、

「亭主というのは、番犬にもなり、アクセサリーにもなり、気が向けばあたまを撫《な》でてやれば体をすりつけて甘え、時々、クサリを離せば一人で喜んで遊び廻ってる……」

「ハッハハ、いやこれは」

ジャガ芋は商売気を出したのか、愉快そうに笑い、

「面白そうな読みものですな」

「ドッグフードと水さえやっとけば文句もいわず、ヨソのメス犬に色目使って飛び出

しそうにするときは、あたまの一つ二つも撲《なぐ》ってクサリで強くつないでおけばよい、とか……ね、先生。そんなんでしたわね」

先生がうなずくと、ジャガ芋は、

「まあ、いいでしょ、別に。旦那は『問題女性』なんか読まないでしょうから、目にふれることもありますまい」

「でも、それを読んだ『週刊モンジョ』から、グラビア写真をとりたいといってきたんですよ、オッサンとあたしの」

先生は弱った、という口調だった。

「『週刊モンジョ』というのは『問題女性』の週刊誌ですな。ウーム、なるほど。先生と旦那の写真を。フーン」

「二人の写真をとって『愛犬と共に』なんてタイトルをつけるんだって。オッサン、それまでに帰ってくれなきゃ困るわ」

ジャガ芋は、またもやウーム、と唸《うな》って、しばし言葉をさがす風だった。

二

ジャガ芋の奔走にもかかわらず、日曜日も手がかりなく終り、ジャガ芋は東京へ帰ることになった。

磯村冬子は、大阪の南の方のアパートに住んでいて、そこの住所まではわかるが、数カ月前転宅し、居所不明である。

「新聞広告に『愛犬さがしてます。見つけた方、謝礼を呈す』とでも出すんですなあ、アハハハ……」

とジャガ芋は笑い、ちっとも心配していない。

「旦那は会社へは、この日曜まで休み、ということになってるみたいでした。だから二、三日中には帰ってきますよ、お帰り、といえばすむことです」

そうしてぬからぬ顔で、

「では次の締切はまちがいなく、お願いします」

といって東京へ帰った。

翌日の月曜は、私の休日である。お牧さんと入れ替りに、私は月曜休みである。美容院なみ。

朝、ゆっくりと寝て、初夏らしい服に着更《きか》えた。白地に小花模様の飛んでいる、デシンの服で、肌ざわりもとてもいい。ゆったりした袖《そで》や、衿《えり》のフリルを楽しみながら、私はストッキングを穿《は》き、ひさしぶりに、靴を履いた。白いハイヒールである。

家の中の生活だし、外へお使いに出るときも踵《かかと》の低い靴を履くから、私は最近、ハイヒールを履いたことはなくて、履き心地を忘れていた。

私は、どこへいくということもないが、ちゃんと盛装して、いっぺん町へ出てみたかったのである。

べつに私の生活があるから、というのではないが、ときどきは、えりか先生のどたどたという足音や、さゆりちゃんのすーとした忍者のような動作、お牧さんの鼻唄《はなうた》、更には、土井氏の帰らない日々、という心配ごとを離れ、明田マリ子という未婚の女に帰って、快晴の一日をたのしみたかったのである。

しかし結局、ゆく所とてはなく、母の家へ帰り、昼食をたべながらの、えりか先生宅のうわさ、ついでに電話をかけて、昔の友達としゃべろうとしたら、これが二度めのお産で入院中というのだ。姑《しゅうとめ》さんが出てきたりして、私としては面白くない。

夕方早めに大阪へ出て、映画館に入った。アメリカ映画の活劇風なのを見て出てくると町に灯がつき、私には久しぶりの盛り場の華やぎだった。

うれしくて、やっぱり、ときどき、こんな空気を吸うのもわるくない、なんて思う。お小遣いもふだん使うことがないので、たっぷりあり、すこし贅沢《ぜいたく》な夕食をとろうとぶらぶらしてみた。ほんとうは、こんな盛り場のレストランでなく、もっとロマンチックな所がいいのだけれどなあ。しかし、一人でロマンチックな所をうろついていてもしかたない。

この際、鈴木ノボちゃんでなくても、ジャガ芋でもいいんだけど、なんて思うくらいだった。

そういうときに会ったから、いけなかったのだ。

「おいおい。何しとんねん、こんなところで」

と、馴《な》れ馴《な》れしく声をかけられた。見るとこれが、進藤森夫だったのだ。彼の顔は、心から喜びいっぱいだった。

「まあ、おどろいた」

私も嬉《うれ》しくないといえばウソになる。森夫は昔の通りの顔で笑っていて、そのうれしそうなようすは、ツクリ笑いではなかった。

でも少しのあいだに、どこがということなく、じじむさく老《ふ》けていた。所帯じみるということは、女にだけあるのではないのである。

「いやア、こういうこともあるんやねえ。あいたい、あいたいと思うてる人に、思いもかけんときにポコッとあえるんやから」

「あんた、何で今ごろこんなとこに?」

「あほ、会社の帰りやないか」

「あ、そうか、あたし今日お休みやったから、何となく日曜みたいな錯覚おこしてたわ」

「マリちゃんとこ、月曜やすみか?」

といいながら二人は、いつのまにか歩調をそろえて雑踏の中を歩いている。その呼吸の合いかたは全く、肌に馴染《なじ》んだもので、二人の長いつきあいが、一年や二年の別れでは消しゴムで消えないことを思わせた。

躯《からだ》でおぼえ、馴染んだことは、あたまの中の知識とちがって容易に忘れないものだ。水泳や自転車乗りと同じように、何年たっても、躯が記憶している。

その感慨は、私には、何か、あほらしい、というような空《むな》しいものだった。いくら肌馴れした心安さであっても、もはや、どうしようもないものだ。森夫は妻のある男であり(どうかすると、子供ももうできてるかもしれない)いくら気心がしれていたって、「屁《へ》のつっぱり」にもならぬ。

そう思うと、私は、(ほな、これで……)とお辞儀して踵《きびす》を返したくなるのであるが、人間の心というのは何とふしぎなものであろう。私は、屁のつっぱりにもならぬあほらしいような男と、一見、屈託なく楽しげに肩を並べて歩いているのである。

初夏の夜、暮れなずむ都会のざわめきを楽しみながら、心安い仲の男とめぐりあって過ごす何時間への期待に、私は胸おどらせているのである。(こんな男、どうしようもないわ)と思いながら、

「どうするかなあ、メシでも食う?」

という森夫の提案に、

「そうね、どうせ食べる所やったから」

などと言っているのである。

「一人で食べるのやったら、いうてくれたらええのに。電話一本で飛んでくるがな」

と森夫は恨みがましくいうのであった。

「今日は旦那さんは、東京?」

「エエ」

と私は口少なにいって、

「あのね、その話はあんまり、しとうないの、あんた、奥さんは? お元気?」

「まあ、ね」

「食事、外でしてもええの? 叱《しか》られへん? 奥さんが用意してはるかもわからへんん」

「まあ、ええ。その話はあんまり、しとうない」

と彼がいったので、二人で笑ってしまった。

それは私にますます確信させた、(彼の妻は出産のため、実家へ帰ってるにちがいないわ)

「ま、どうってことないわ――」

と私が思わず呟《つぶや》くのと、

「まア、どうってこと、ないわな」

と彼が呟くのと、ほとんど同時だった。

「なにが?」

「いや、僕なあ、君に旦那さんいても、どうってこと、ない、と思えてきた。ま、今晩ゆっくり飲もうや。時間、ええねんやろ?　やっぱり秋本えりか先生の所へ帰るんやろ?」

「そうよ」

でも門限はべつにないし、私は鍵《かぎ》を持って出ていた。正確にいうと、翌朝八時までに帰っていればいいわけである。

「秋本先生いうたらなあ、僕、この頃本屋へいっても、やたら、あの先生の名前、目につくようになって」

「へえ」

「君がいてると思うせいか、関心出てきたんやな――実は、会社のビルの地下の本屋で買《こ》うたとこや」

彼はちょっと照れて、手に持っている、書店のカバーでくるんだ新刊書を見せた。

「おっとどっこい」という小説である。森夫が新刊の小説を読むなんて初耳もいいとこ、

「あんた、秋本先生のファンやったの?」

「いや、小説なんか誰のんも、今まで読んだこともない。まあ、読みもんいうたら、新聞と週刊誌ぐらいやろ。――けど、秋本サンのを読んどかんと、君と会《お》うたとき、話がでけへんと思て。べつに今夜、君に会う思うて買《こ》うたんとちがいます」

それはそう。

そうして、私は、森夫がかわいらしくなって、そんなことをいわれると、めためた、とくる。男のかわいげ、というのは、所詮《しょせん》、そんな部分である。

森夫が連れていってくれたのは、路地の奥ぶかくはいった小料理屋である。

白木のカウンターには人がいっぱいであった。みんな、同じようなサラリーマン風

の男たちで占められており、女客はなかった。酒で火照《ほて》った顔や、愉快そうな話し声がいっぱいで、それも私には久しぶりの、なつかしい都会の肌ざわり、人ごみの、心はずむ、喧騒《けんそう》だった。温められた酒の匂《にお》いや、美味《おい》しそうな焼魚の匂い。

そして、人の背をかきわけてはいるときの、男と連れ立っている気分。どんなときにも、一人でいるのに慣れかけた私は、男と二人連れの情感をすぐ呼びさまされて、わるい気持ではなかった。

ああ、男と二人連れって、やっぱりいいもんだ！

それに、男が、「あ、こっちこっち」と勝手知ったように背を押してくれて、

「今日は、部屋のほうがええなあ。空いてる?」

なんて仲居さんにいい、端っこの障子をあけると、三畳ほどの小さい間《ま》がある、そして、

「ここがええやろ?」

なんて、いちいち私に聞いてくれる、私の顔色をみてくれる、そんな感じはとても、すてきなものだった。おまけに、

「今夜は、僕が払う。いつも君に払わしてたけど」

なんてにこにこされると、気分は九十点ぐらいのところ。これで、森夫が独身だっ

たら百点になるのだ。

「いいとこ、知ってるのね」

　というと森夫は、

「ここねえ、季節の一品料理というのがうまい。君が喜ぶやろ、思《おも》て」

　いつのまに、こんな店を知ってるのか、やっぱり私がイロイロのことを経験してた時間、森夫も私の知らない人生を重ねていたに違いない。

　運ばれてきたママゴトみたいにきれいな盛りつけの料理に、私は夢中になった。量は少いけど、たくさんの数の皿が出て、とくに野菜の煮物やお汁《つゆ》がコットリ深いお味なので美味しかった。お酒もおいしい。

「『おっとどっこい』という小説は、どういう筋やね?」

　森夫は聞く。

「自分で読めばええやないの、面白いわよ」

「本読もう、思うてるうちに、眠ってしまうような気がする」

「そんなことという間に読めますよ、どうせ先生のはむつかしくはないんやから。あんた、あたしと会ったときの話題をつくるために買《こ》うたんでしょ」

「ではありますが、持ってるだけで、話をするキッカケは作れる、思うて」

「まあ、あつかましい」

「ハッハハハ」

やっぱり、昔のままの森夫で、そこもいい。

「ねえ、お休みは毎週月曜？」

と彼は聞いた。

「まあね。でも、一定してないわ。先生の仕事次第やもん」

「ふーん。お休みのときはいつも会いたいなあ。連絡してくれへんかなあ」

「いやよ、ずうずうしい」

そうなるのは、いやだった。それは厚顔無恥というもの、思いがけず会ったからいいのだ。

「何がずうずうしい」

「だって……」

「今夜かて、こないして、会《お》うてて、楽しいやんか。一緒にいてたのしいという人間関係だけが、人生の生《い》き甲斐《がい》やで」

「しゃらくさいことというのね」

「いや、ほんま。体験からにじみ出た告白、というべきやろうなあ」

森夫は銚子《ちょうし》をとりあげて盃《さかずき》についだが空だったから、また注文して、

「ほかに何か、生き甲斐がありますか？」

「それが生き甲斐というのは、あたしも反対はしないけど、ヨソの男なんかといやよ」

「ヨソの男」

「ヨソの女の亭主になんか、なってる男」

と私は、訂正した。

「あ、そんなこと気にしない気にしない」

森夫は無造作にいって手を振り、

「そんなこと、どうでもええやん。これはタマタマ、こうなった、いうだけのことやから」

「何を！」

私は酔ってるからカッときた。

「タマタマ結婚したっての？」

「そうですよ。ヨソの女の亭主になろうが僕は僕。それよか、君こそ何ですか、ヨソの男の女房ではありませんか。思うと腹立つ」

「よくもそんな勝手なこというね」

「しかし、結婚しても、マリちゃんはやっぱりマリちゃんや。ちっとも変っとらへん」

結婚してないんだから、変るはずないでしょ。私はそう思っていた。私は、森夫の厚かましさには腹が立つ。しかしそれは、指で一点をチョイと押すと、脆《もろ》く、クラッと変ってうれしさになりそうな怒りである。

酔っているから、私は、心の均衡が破れて、極端から極端へ大きな振幅でゆれうごいてる。

「なんでやろ」

と森夫はいって、ふいに、私の手首を握った。それから、指を折って握って、

「なんでかなあ。誰と会《お》うても、こんな、楽しいことないなあ。さっきあそこで会うたとき、ほんまにうれしかった。バッタリ会うて、心の底からうれしい、なんていうのはマリちゃんだけや。声だけでも聞きたい、思うて電話かけるやろ、しかし電話したら、またマリちゃんにどなりつけられる、思うたら、やっぱり、電話でけへん。そのうち、だんだん、たまらんようになって、酒飲んで景気つけて、酔うた勢いで電話する。僕、電話するとき、いつも酔っぱらってるやろ? 酔わな、電話でけへんね

ん」

そこも、男のかわいげである。しかし、私のうちには、嬉しさと同じ分量の怒りが溜《た》まってきた。

なんで今ごろ、そういうことをいうか、それなら結婚前にそういってくれればいいのに、手おくれになってから、特効薬が発明されたようなものである。

「ほんま。僕が阿呆《あほ》やった」

と森夫はうなだれ、それから、ソロソロと首をもたげて、

「けど、まあ、お互いの配偶者のことは、チョイとわきへのけておいて、この際、二人のことだけを考えることにしよう！　仲よしの人間というもんには、めったにお目にかかれるものやない。人間、なんのために生きとるか。好きな人間としゃべったり、飲んだり、ナニしたり、することに尽きるのだ！」

「ナニって、ナニよ」

「ナニって、ナニよとはナニや」

森夫も酔ってるみたい。

「わかってるくせに、ゴチョゴチョ、いうな。僕は、やっぱり、因縁みたいなものを感じますよ。誰と向っても、何かこう、もひとつ、風呂《ふろ》の中で屁エこくみたいに、幽

霊のハチあわせみたいに、たよりない所がありました。何でやろ、何でこう、心の底からスッキリ、おもろうないねやろ、と考えつづけとった。そんで、マリちゃんを、よそながら、市場の中で見たとき、これやッ！　と飛び上ったね。マリちゃんを忘れとったッ！」

私は面白くなかった。森夫は、それまで私の存在を忘れていたのだ。

「しかるに、君は何や、そのとき、男と一緒であった。男前のキザな奴と。君が結婚するとは思わなんだ」

それも、癪《しゃく》にさわる。

まるで、私なんぞ、貰《もら》い手がないみたい。

私を、永久にハイ・ミスのように思ってる。（尤《もっと》も、いまもハイ・ミスでいるのはまちがいないが）

「僕は、君に限って、結婚なんかするはずない、と思うてた。それで安心して抛《ほ》っといた気味がある。結婚した、なんて意外やった、マズッたなあ」

いまや私は、怒りでポッポと体中が熱くなってきた。もうかんべんならぬ。

「なーにいってるのよ。あんた、あたしのこと、物干へ三日吊《つ》るしといても、カラスもつつかぬ松の木丸太みたいな女やと思《おも》てたの？」

「いやいや、そんなことは……」

「どうせ、男なんて寄りつきもせぬと、タカをくってたの？　え！」

「いや、僕は、べつにそんなこと、いうてんのちゃう……」

「それで自分は安心して結婚してんのね、昔ちょいと仲よしにしてた、というだけで、なんでそう自分の権利みたいにいえるの。あたしは、こうみえて、降るようなプロポーズをことわるのに苦労したよ」

「ほんと？」

森夫は、しんからビックリした顔になった。

「信じられん……」

それが正直なおどろきなので、よけいカッカと腹立つ。

「ほんとですよ、ウチのアラン・ドロンは結婚してくれなければ自殺する、というた」

「フーム」

森夫はしばし考え、

「けど、君はどやのん？　ほんとうに好きで、結婚したの？　自殺する、といわれたから、ほだされて結婚したん？」

「どっちでもええやないの、そんなこと」

「よくないよ。迫られて、やむを得ず結婚したとしたら、ほんまに面白い人生やないもの――幽霊のハチ合せみたいに、たよりない、どこかもひとつ心の底からスッキリせえへんのとちがうかなあ……。君、旦那のために料理つくる?」

森夫は、まじめな顔でいった。

「料理?」

「うん、朝めし、作る?」

三

「朝ごはん、ねえ……」

と私は狼狽して口ごもった。独身の私は作ってやる亭主がいないのは無論であるが、えりか先生ほか、家族の人々にも、せいぜい、コーヒーと半熟卵くらいしか作らない。そうして、私は昔、自分の朝食は時間と手間をかけてチャンと作り、土井氏はそれを物欲しそうに、うーん、とながめていたものであるが、気がつくと、私はそれさえも作らなくなってる。

私まで何となく、この家のあわただしい雰囲気に釣られて浮足立ってしまった。きちんとダシをとって味噌汁《みそしる》を作る、というようなことも今は絶えてなく、冷や御飯にお茶漬け、あるいは電子レンジで暖めた一膳《ぜん》めしに、なま卵をぶっかけて食らうといった、またはトーストにゆうべの残りものを載せるというような、いわば野戦料理である。

私は、本格的朝食を、ここしばらく打ち忘れてしまっていた。

というのも、朝早くから電話が掛るときがあり、訪問客があり、原稿の発送があるからだった。えりか先生が前夜からそのままの恰好《かっこう》で仕事しているときなど、私まで、テーブルクロスの上に幾皿もの料理を並べる、という心の余裕をなくしてしまっていた。

以前は、

（私ひとりの優雅な朝食）

を楽しんでいたものなのに。

（先生は先生、私は私）

の生活を持っているはずだったのに、いつのまにか、私自身の生活まで攪拌《かくはん》されてしまっていた。

「何しろ、いそがしいもので……。朝早うから仕事あるのやもん……」

私は弁解がましくいった。

「そうかて、いつもいつも君の旦那はいるわけやないのやろ? 東京に出張してて、たまに帰ってくるのやろ?」

「そうよ」

話の辻褄《つじつま》は合わせなければいけないから、私はそういっておいた。

「タマに帰ったときくらい、ちゃんと朝めし作ったりイな」

「ちがうのよ、あの……つまり、それは主人が、あたしの寝てるうちに出ていってしまうから。朝が早いの」

「へえ。君、旦那が勤めに出ていくのに、抛っといて寝てんの」

森夫は咥《くわ》えていた煙草《たばこ》を離しておどろいた。

「旦那は何も、いわへんの?」

「あたしに惚《ほ》れてるからね。自分で何か食べて出ていくわ」

私は、咎《とが》め立てするような森夫の語調に、反撥《はんぱつ》して、ついそう言わざるを得なかった。

「フーム。しかしマリちゃんは僕の部屋に泊ったときは、朝早う起きて、いろいろ作ってくれたやないか」

「それはママゴトやからですよ。結婚すると、そんなこと毎朝、してられへんわ」

「そうかねえ……僕は、亭主より早う起きて朝めし作ってくれる、そのことだけで女房の役目はすむように思うところがあるけどねえ——やっぱり、結婚すると、女はがらりと変って、朝めしなんか、作らへんようになるのかなあ……」

森夫の言葉は、終りは何だかひとり言のようになり、淋しげな響きを帯びた。

森夫の妻は、朝食を作らない女なのかもしれない。森夫は、妻が寝床で寝ているうちにひとりでそそくさと冷いミルクなんか飲み、うしろ手に団地のドアを締めて出ていくのかもしれない。

でも、そのことを森夫に聞くのは怖かった。私は、森夫の妻のことを知りたがってるくせに、彼の口から聞かされるのを怖がっていた。

私は急に、森夫のために朝食を作ってやりたくなっている自分を発見して、狼狽した。

バカバカしい……なんのために、他人の夫にそんなことをせねばならないのだ。

そう思いながら、森夫の好物をあれこれ思い出している。塩昆布(それは、塩が白くふいた、肉厚の、美味しいからりとした昆布)卵を落した味噌汁(それは鳴門《なると》若布《わかめ》と、刻んだニラが入っている)冬は白菜の漬物、夏は一夜漬けの刻んだ野菜。

(あ、もうこんな時間!)

(すこし、あせろうよ)

なんて二人でいいながら、あわてて食べる朝食はなんとおいしかったことだろう。そういえば、森夫はそのころ、よく、「急ごうよ」というかわりに「あせろうよ」という言葉を使ってたものだった。

朝食を作ってやる相手を持っているなんて、なんと、楽しいことだったろう。私は早起きのにが手な女なのに、森夫の部屋では、それがちっとも苦にならなかったのは、ふしぎ。

きっと、いつまでも続くものではない、という予感があればこそ、あんなに張り切って朝は早く起き、

(まだ寝てらっしゃいよ……もうすぐ御飯がたけるから)

なんて、晴れ晴れした声で、森夫にいっていたのかもしれない。

私たちは店を出て、盛り場に背を向けるように歩き出していた。ナゼカ、たがいの話を静かに聞きたくなり、そうすると自然に、盛り場の喧騒《けんそう》がうとましくなってきたのである。

「いまでも、マリちゃんの朝めし思い出すよ」

森夫は感傷的な声でそういい、私の指を探って、中指をまん中に三本だけを握った。

「僕より朝早う起きてくれた、ということだけで、僕、思い出すとたまらんようになるとき、あるなあ。世間に女は多いけど、そんなこと、誰が一体、してくれたか——マリちゃんはほんまに僕が好きやってんなあ」

それは、同じことを自分が思う分にはよいが、森夫に言われるのは、何度聞いても腹立つ、というていのものだった。

「ママゴト、ママゴト!」

と私はどなってやった。

「結婚のリハーサルしてただけ! でも思い違いせんといてね、相手はあんたとちがうから」

「あのう……」

森夫はふと足をとめて、

「離婚のリハーサル、てのはどうかな。つまり、僕が仮りに離婚する、マリちゃんも離婚する、仮定ですよ、これは」

森夫は、今は私の片手の指全部を握っていた。

「そうして」

と私の手を胸もとへ持っていって、

「どっちも独身同士になる、そうすると、気楽な立場になる、と」

「だから、どうだっていうの?」

私は、森夫の言いたいことは分っていたが、すましていってやった。

「つまり、二人の気楽な立場のオトナが寄るとどうなるか。おたがいに、満更、知らない仲というのではありませんし。ちょっと、どっかへ寄っていかへん? 僕のほうは、泊ってもええけど。夜明けのコーヒーはいかが」

呆《あき》れた。森夫は、昔でこそ、いかにも私より年下、という、おぼこな所のある男だったが、いまは、もう年下とも思えない。ずっと年上のあつかましさにあふれ、社会の中堅のずうずうしさをそなえている。男というものは、どんなにバカでもチョンでも、ぐんぐん変貌《へんぼう》してオトナになっていくから、油断できない。

あつかましくなった森夫は、

「なあ、ええやろ、泊ろうよ。夜明けのコーヒーなんかより、駅の食堂へいって、朝めし食おう! 僕、ときどき、そこで朝めし食うとんねん。納豆定食とか、味噌汁定食なんか、あるぜ。朝の七時から開いてる。きっと面白いよ……なあ。ええやろ?」

大阪弁の誘い、というのは、こんな場合、実に淫靡《いんび》なものである。森夫はますます

図に乗って、

「いこうよ、なあ。……なあ、って」

と耳の中へ熱い息を吹きつける。わあ、こいつ、いつのまにこんな厚顔無恥な誘い方をおぼえたんやろ、と私は感心していた。これは誘い、というより押しの一手である。

昔の森夫ならば、照れかくしに、こんなときは陽気にみせ、「森夫チャンと一緒に朝めし食おう会!」と高らかに叫び、自分は照れてないぞ、ということを示そうとして、なお照れていた。

しかし今の森夫は、照れる必要さえみとめないほど、あつかましくなってしまったのである。

私は彼がそうなったのには、彼の妻があずかって力があるのだと思うと、やたら森夫が憎らしくなってきた。

それで、ますます軀をすり寄せ、酒臭い息を吐きかけた森夫が、私の上に身をかがめてそれが当然のように馴れ馴れしく接吻《せっぷん》しようとしたので、私は声を励まして、

「無礼者!」

といって突きとばした。私の指が、森夫のワイシャツのポケットにでも引っかかっ

たのか、ビリビリ裂ける音がしたが、そんなこと、知ったこっちゃない、ただ、せっかく、町でバッタリ会ったときは、双方あんなに喜んでいたくせに、こんな「さよなら」の言い方をしたのが、いかにも私は残念だった。

四

えりか先生が新聞社の車で帰宅したとき、カメラマンたちは庭の芝生に散って、グラビアに効果的な場所をさがしていた。

「今日は何の約束やった?」

と先生はビックリして私にきく。

「『週刊モンジョ』です。先生の写真をとらせて下さいって、前からいってましたけど」

「なんのために」

「あのう……」

と私は言い淀《よど》み、

「『愛犬と共に』です」

といそいでいった。

愛犬というのは、先生の文章によれば旦那《だんな》のこと、つまり土井氏なのである。

しかし、鼻占いによれば土井氏は遠くに在って本能的なことにいそしんでいる、というのだ。愛犬の家出によって、「週刊モンジョ」の企画はフイになったといってもよい。

しかし先生は、ナゼカ、前以《まえもっ》てそのことを「週刊モンジョ」に通告しなかったので、「週刊モンジョ」は予定通り、やってきたというわけである。

そうして、芝生の隅の犬小舎に眠っていたナマケモノのペロを足で蹴《け》とばし、

「おーい、愛犬の愛犬、というのではどうだ。ご主人にこの犬を抱いて頂いて――」

などといっている。

「週刊誌の記者の方が応接間で待っていられます」

と私は小声でいった。

すると先生は突如、怒り出した。

「誰が待たせろといったか！」

しかし今日来ることは、前以て通知していたのだから、彼らは違約してるわけではないのだ。そして来た上は、待たせなくては、玄関で追い払うわけにいかない。

先生は講演会から帰ったばかりであった。何か、講演の結果がおもしろくなかった

のか、と私は思い、おそるおそる、きいてみる。

「今日はいかがでした」

「どうということないわよ。多大の感銘を八百名市民に与え、万雷の拍手ぱらぱら」

万雷の拍手ぱらぱらではすこし平仄《ひょうそく》の合わぬ気もされるが、これは先生の口ぐせである。

先生は、「舞台衣裳《いしょう》」とみずからよぶ、女奇術師のような服をぬぎ、ふだん着の、これは女漫才師が着るような、（あるいは夏のマタニティドレスというべきか）真ッ赤な色で裾《すそ》まであり、首が開いてる服を着た。

そうして、煙草をふかして考えこみ、応接室へ行こうとしない。

カメラマンたちが記者たちと合流したのか、男たちがどっと笑ってる声がきこえた。

「あのオッサンがいないのに、写真がとれるはずがないやないの」

先生はイライラして、まだ新しい煙草を消した。

「私、お断りしてきましょうか、旦那さまは急に出張になりました、とか、旦那さまは、週刊誌に出るのがおきらいです、とか」

「それは通らない。何さまやと思ってるのです。そんな無礼なことは、あたしがあのオッサンにゆるさない。週刊誌は好かぬ、などとえらそうにほざくような独立の人格があるのかッ。あのオッサンに……」

「すみません。ツイ、わたし、口がすべりまして……」

「あのオッサンは、私の人格の輝やきで、おのずと光り、それを自分で光ったと思いこんでるのです。ラジュームのために、まわりに活力がふりまかれているのを、自分の地金と錯覚してるッ」

「わかりました」

「……ああしかし、こまるわ」

先生は、またイライラと、新しい煙草に火をつけた。

「断ったりしたら『週刊モンジョ』はすぐまた、ヘンな気のまわし方をして、『秋本えりか先生、離婚か、別居へ!』などと書き立てかねない」

「ハハア……」

そういえば「週刊モンジョ」は、その種の記事がおとくいであり、私も多大の好奇心をもって、それを読むのである。

しかしえりか先生は作家であり、タレントではないのだから……。

「そんなこと、斟酌《しんしゃく》するもんですか、あの人たち、面白おかしく書きたてるわよ」

といって、いまこの土壇場《どたんば》、いつまでも応接間に待たせておくこともできないのだ。

「あたしはね、体重や、そんなものをすっぱぬかれても、べつにかまいません。しかし亭主に蒸発家出、しかも本能に走られたとあっては……。そんなことを世間の人や文壇に知られるのはいやです」

えりか先生は自分をこんな目にあわせた土井氏に、改めて腹立ったらしく、

「畜生、帰ってきたら、あのオッサン、コテンパンにやっつけたる！」

と叫んだ。

と、カメラマンのひとりが廊下から、

「秋本先生、およろしければお願いします。こちらは準備ＯＫです。ご主人は先にとらせて頂きました、庭に出て庭仕事をとらせて頂きました」

「エッ」

えりか先生と私は思わず庭を見た。

何日ぶりかの土井氏が、巨体をのそのそと運んでくる。前よりも少しふとったようで、屈託のない、元気な顔をしている。

そのあと、えりか先生と土井氏二人の「わが愛犬と共に」撮影は、ちょっとした見ものだった。ニコニコする土井氏、むっつりと、爆発を必死で抑えたえりか先生。二人は一見仲よく籐椅子《とういす》におさまり、カメラに向いていた。

「週刊モンジョ」の記者は、それから先生と土井氏にいろんなことを質問した。

「『愛犬』から見た飼主は、いかがです? エー、つまりその、やりやすいご主人ですか? ご主人というのはこの場合、秋本先生のことですが。ハッハハハ……」

なんて失礼なことを堂々と聞く。三十代前半の、いうならば、厚顔ざかり、といった年頃の男である。

「そうですなあ。べつにどうということはありません」

土井氏は悠々と煙草をふかし、まるでずーっとこの家に起き臥《ふ》ししていて、いま昼寝から叩《たた》き起された、という感じだった。

「ただ、エサの不味《まず》いのは閉口ですなあ。飼う以上は、も少し、エサに気をつけて貰わなくては困ります。アハハハ……」

土井氏はのんびりとそんなことをいう。

「秋本先生は、飼犬のエサを一々、作られないんですか?」

「出来合いのものが多いようですな。まず、ドッグフードをあてがっとけばいい、と思ってるのかもしれません」

「なるほど、これはいいや」

記者はドッグフードが気に入ったのか、手帳に何か書きこんだ。

「愛犬としては、必ずしも居心地よくない、と……」

「いやいや、エサをのぞけば居心地はよろしいんですワ。抛ったらかしにしてもらえる所もよろしく、文句を言われないところもよろしいなア。一々、お手、やら、おあずけ、なんて芸を仕込まれてはかないまへん」

「ハッハハハ。その代り、ここは女性ばかりだから、番犬の役目は果さなければならないでしょう」

「いや、どうもそっちの方も、私は、あかんのですワ。強盗でも入ってきたら、スタコラと尻尾《しっぽ》を巻いて逃げますなア」

「番犬の用をなさぬとあれば、ミスター土井は、ペットの方ですかね」

「いや、ペットという柄でなし、これは何というんでしょうか……要するに、私は」

と土井氏は首をかしげ、

「レコード会社のシンボルマークみたいな、飾り物ちゃいますか」

そうして、男二人であはあはと笑う。カメラマンは、土井氏が首をかしげた所をぱちりととり、ちょうど、レコード会社の犬みたいに、耳傾けて聞く恰好に、それはよく似たポーズであって、私には「週刊モンジョ」の編集部がつける見出しまで想像できる気がした。

「愛犬との二十年」

「愛犬と私」

私は、土井氏は寡黙《かもく》で不愛想で、とっつきわるい人だ、というふうに何となく思っていた。

中身はとてもいい人みたいに感じられるが好き嫌いはげしく、尤も、それは表面に出さず、忍耐している、そんな風にも考えていた。

しかし、氏は、かなり愛想よく機嫌よく、人を接待する能力も、持っているらしい。

私は、「小説山盛」の編集者、鈴木ノボル青年が来たときは、土井氏は顔も出さず、「満載小説」のジャガ芋こと、有吉太郎編集者が訪れると嬉々《きき》と出てくるので、土井氏のことを、ワガママな人のように考えていたのだった。

しかし、初対面の「週刊モンジョ」の人々に対し、そのインタビューに対し、氏は大いにサービスしていた。

それは、私には、えりか先生の態度と無関係ではないらしく思われる。えりか先生は終始ムッツリして、口もひらかず笑いもせず、口をへの字にしていた。それゆえ「週刊モンジョ」の記者たちも勢い、土井氏ばかりに質問することになるのだった。

インタビューはどうやら終り、「週刊モンジョ」が待たせてあった車に乗り込んで

去るが早いか、

「何してたの、え」

とえりか先生は、不気味に静かな声で縁側の籐椅子にかけたまま、土井氏にきいた。

起《た》とうとしている土井氏は、また腰をおとして、

「うん、いや、なに、ちょっと……」

ともがもが言いながら、大きな体をもじもじさせ、煙草をとり出す。

「何してた、と聞いているんです。今まで!」

えりか先生はたけり狂った。

その恐ろしい声は、ちょうど湯気を沸騰《ふっとう》させているヤカンの蓋《ふた》を、力こめて押えつけていたが、ついに噴出する力が強くて、天井まで蓋が飛び上ったという、按配《あんばい》であった。

「それに、なんで今日帰ってきたか! え! なんのつもりで帰ってきたの!」

えりか先生は目をいからせ、鼻の穴を拡《ひろ》げてまくし立てていた。鼻占いの先生が見たら何というであろうかと私は考えた。

えりか先生は、さっきまで、土井氏が帰らないのに腹を立て、今は、帰ってきたことで腹を立てている。

「いや、それは、有吉くんが会社へ電話してきて、たしか今日は『週刊モンジョ』がインタビューに来る日やから、帰れ、と……」

土井氏は、妻に感謝されるべき所を、なぜどなられねばならぬのか、とんと心外なようすだった。

「なに、あのジャガ芋が。何を要らざる差し出口。あんた、ジャガ芋のいうことやったら聞くの、あたしのいうことは聞けないで！　え！」

土井氏が口をひらく前に先生は、

「なまいきではないか、黙って一週間も家を空けるとは。そんな勝手気ままが許されると思ってんの！」

とどなった。

土井氏が何かいおうとすると、

「あんたは誰のおかげで光ってると思ってんの！　みな、ラジュームのおかげだよッ！　あたしがいるから、何とか、なってんのやないかッ！」

また、土井氏が、唇から煙草を離して答えかけると、

「いったい、ここを合宿所とでも思ってんの！　あんた、一家の主《あるじ》でしょ、フラフラとうろついてそれで責任果せると思ってんの？　黙ってばかりいないで何とか言え

ッ！」

「しかし、言おうと思ても、口を開かせへんやないか……」

「つべこべいうなッ、うるさい！」

土井氏が何かいうと、先生はなお、たけりくるって叫ぶ。

そこへお牧さんが、例の、水爆が三つ落ちても平気、というような顔で、

「ほんなら、去《い》なしてもらいます。ご飯はちゃんと作っておいてありますよってに」

と挨拶《あいさつ》し、エプロンをたたんで、

「さ、去の去の。やれやれ」

とひとりごちながら帰っていった。いつのまにやら、そんな時間になっていたのである。

全く、週刊誌のインタビューというのは時間を食う。私はカメラマンたちがいいかげんに片寄せていった机やテーブルを、のろのろと元通りにしていた。先生と土井氏の応酬に興味があって、そっちの方に心奪われていたからである。

「あんたは今まで何をしてたか、ちゃーんとわかってるのやから！」

先生は勝誇ったように叫び、土井氏は照れたようにあたまをかいて、

「わかるかなあ。やっぱり」

「あたりき。どうせ、あんたのような安物の人間は、ぱっと見たら一発なのだ！　あんたは、自分がかねがねしたいと思うてることをしてた」

「それは、まあ」

土井氏はくすぐったそうな顔で、鼻を人さし指でこすっていた。

「夢中になって、家へ帰るのも、家へ電話するのも忘れてた！」

「うん、それは、わるかった、しかし、何か用があれば、会社へ電話するやろう、と思うて」

「会社は休んでたやないの！」

「しかし、連絡先はいうといたんやけどなあ……」

土井氏は首をかしげて、

「家から電話あったら、連絡先を教えてくれ、とことづけといたんやけどなあ」

「バカな！　女といる先を、会社の者が教えたり、しますか！」

「なんで？」

と土井氏は目をまんまるにした。

「べつに、どうちゅうこと、ないやろ。それは女性も一緒でしたがね」

「何を。よくもそんな平気な顔でいえるもんですね。あつかましい。身の程知らずな、なまいきな……」

先生が怒り狂って息もつけないでいると電話が鳴った。東京の雑誌社からで、原稿の疑問についてであった。これは先生が出なければわからない。私が先生に電話を渡すと、先生はひったくり、電話口へ、

「そんなもん、どっちでもええやないの、白でも黒でも、あんたの好きなようにしときなさい！」

とどなった。

先方の編集者は面くらったにちがいない。今、お忙がしければ、いつごろ電話したらいいか、と聞いたのだろう。

「いつでもダメだ！　今日はもう、店仕舞《みせじまい》だよッ」

と先生は電話を叩きつけ、私に、

「電話線なんか引きちぎってしもたらええねん」

と怖い顔をする。

「ええ、それはすぐできますけどね。種子ガ島《たねがしま》のハサミがあるから」

と私はいった。種子ガ島の刃物はよく切れるというので、先生がどこかの出版社から、お中元に貰ったハサミを、私は事務用に使っている。

「でも、切っちゃうと、こんどまたつないで貰うとき、電話局へ、電話することがでけへんようになるし……」

私がいうと、土井氏は、あはあはと笑い、

「ご尤も」

といった。

「まじめにやれッ！　あたしは真剣なんですよッ！」

先生がテーブルを叩いて一喝したので、土井氏も私もビックリして居住いを正す。

「なんで電話の一本もかけられへんのんか」

先生は居丈高に問いつめる。

「しかし、ここは、いつかけても話し中なんでねえ。……ほんまに、電話が外からかかったためしがないのや」

土井氏は残念そうだった。

それはそうかもしれない。先生の電話は、締切前など四六時中、鳴りづめである。また、いっぺんかかると、とてもじゃないが、長い話中になるときもある。

それは、先生の原稿がおくれて、電話送稿ということがあるからである。そんなときにぶつかったら、土井氏ではないが、「かかったためしがない」ということになる。

先生はすこし、ひるんで、

「何にしても、あんたがその女と一週間も無断で家をあけてた、というのは、それなりの覚悟があってのことやろうねえ」

「覚悟」

土井氏はキョトン、としていった。

「つまり、これは、あたしに対する挑戦なのだ！　あたしをないがしろ、にしてるんだ」

「何のこっちゃわかりまへん。ただ、ちょっと誘われたもんで、それは面白そうやなあ、とそっちの方へいった。ちょうど、会社も休めるときやし、ね。電話がウチへ中々かからへんさかい、まあ、あとでゆっくりかけよう、思うてるうちに、ついつい、アッという間に一週間たった」

土井氏は浦島太郎のようなことをいい、

「休みあけに会社へ出てみたら、有吉くんが東京から電話してきて、『先生えらい怒ってはりまっせ』いうさかい、『ナンデヤ』いうたら、『今日は週刊誌のインタビューで写真とるいうてはった』いうから、いそいで帰ってきたんや」

土井氏のものの言い方はまだるっこしく、のんびりしているのである。

先生は、土井氏の話中、イライラしていたが、

「そんなことを何もいうてない！　あんた、自分のしたことについてちっとも反省してへんやないの、悪いと思うてないやないの！　ちょっと誘われたから、そっちへいった、の一言ですむと思ってんの？　え！」

「しかし、どうみても、あっちの方が美味《うま》そうやからなあ……」

「なに⁉」

「いや、やっぱり、あっちの方が、何かにつけ、食欲をそそるのでなあ……」

「バカッ。すかたん。おたんこなす。あんたごとき鈍物が、そんな一人前の口、利《き》けると思うのかッ！」

先生は怒りのあまり、息もたえだえであった。

「あんたみたいなボサーッとした、石のダルマのような人間は、家にいてじっとテレビのお守りでもしていればいいのだッ！　大女流作家・秋本えりか大先生の夫、という肩書で社会に出ればうやうやしく扱われ、やっと人なみに見られるのだ。夫というものは、家に帰ればいつもいるもの、妻にさからわず、妻の邪魔をせず、要るときだけ、前へ出てくるもの、勝手にかげで自由行動することは許さん！　離婚の、蒸発の、とそういう自由も許さん……」

そこへ、玄関に、

「ごめん下さい。ごめん……」

と男が来た。

私が出てみると、例の、小説をトランクに詰めてあずけている、近所の武内青年である。

「いま、取り込み中なんですよ、何んですか」

私はぞんざいにいった。私は、早く、先生と土井氏のやりとりの場へ帰りたいのである。

私は、つまり、弥次馬根性が強いのである。

「エー、れいの僕の大作ですが、まだ、先生は見て頂いてないでしょうか」

「まだですよッ、先生もお忙がしいから……」

「いつごろになりそうでしょう?」

「神のみぞ、知る、という所ね」

「ハハア」

青年はしかし、一向しょげていず、ニコニコしている。手帳をとり出し、鉛筆で何かシルシをつけ、

「ではまた、来月にでもうかがいます。いやいや、僕のことはお気づかいなく。僕、三、四軒、関西の作家先生の所に原稿を置かせて頂いてます。頃合いにずーと廻ってきているンス。時々、原稿を取り換えてきます。やはり時期や季節を見はからって、中身も入れ変えときませんとね。……お邪魔しました。では来月また」

富山の置きぐすりと、まちごうてんのと、ちがうかしら?

「おなかがすいたなあ」

と土井氏が思い出したようにいった。

「今日のオカズなに?」

「この際、オカズの話どころではないでしょ。今日は徹底的に、膝《ひざ》つき合わせてあんたの了見きくつもりです」

えりか先生は土井氏をにらみ据えた。

「さっき、油の匂《にお》いがしとったけど、てんぷらか、フライとちがうのかな」

土井氏のあたまには、晩の食事のことしかないみたい。

「話も話やけど、その、……てんぷらやったら、早う食べんと、べしょッとなって食われへんようになってしまう……」

そういわれて、

「何やった? 今日は」

と、えりか先生も気になったみたい。

「見てきます」

と私は台所へ走っていった。

ほんとうに、土井氏の嗅覚《きゅうかく》に狂いはなく、てんぷらが「べしょッ」として皿の上に打ち伏していた。「降参」という形で冷え切って、紙も敷かない皿の上に幾つか、重ねられてあった。お牧さんは、あたま数だけ——、つまり、四人分、きっちり作って、(やれやれ、去《い》の、去《い》の)

と帰った、そのうしろ姿まで想像できそうな感じで、テーブルの上に置かれてあった。

揚げたてだったら、どんなに美味《おい》しいだろう……と思われた。私がそう思っていると、てんぷらの山は、

(ワテ、知りまへん)

という感じで、むくれてるようにも思われた。

(ワテに責任おまへん)

といっているようでもある。

私はとって返して、

「てんぷらでした、早くめし上らないと冷めてるみたい」

というと土井氏はどたどた、という感じで立ち上り、台所へいそぐ。その恰好を見て、私は以前、氏のことを「鉄人・ねむり犀《さい》」と呼んだが、今は、

「鉄人・食い魔」

といってもよいように思われた。

「あー、これでは、せっかくのてんぷらも台なしやなあ……」

と土井氏は残念そうに叫ぶ。

「電子レンジであっためたらええやないの!」

えりか先生は遮って反駁《はんばく》した。

「大の男が、食い物ごときで目の色変えてるとはみっともない」

「しかし、電子レンジであたためると、あれは、油が出るだけで、ちっとも、かりッとせえへんから困る……」

「じゃ、焼いたらいいでしょッ! 網で焼けば」

えりか先生は、あてつけの如《ごと》く、ガスレンジに青い火を出して網をのせた。

「ガスオーブンであったためた方が、いいんじゃないですか?」

私は提案してみた。土井氏は、

「それとも、冷たいままで食った方が、まだマシかもしれぬ」

とあたまをかたむけて考えこむ。そうして、皿の上に、(ワテ、知りまへん)とむくれているてんぷらの山を見て、

「やっぱり、てんぷら、いうもんは目の前で揚げて貰《もろ》て食べると、値打ちあるんやがなあ……てんぷら自身も、そう思うやろ」

とためいきついた。

「へん。そんな贅沢《ぜいたく》をよくいえますね。食べものはおナカをふくらましゃいいんです」

えりか先生は、自分は贅沢ではないぞ、ということを示威する如く、椅子を引き寄せて箸《はし》をとった。

それで、しかたなく土井氏も、テーブルについた。

「さゆりは食べたのかな?」

こんなとき、一人娘を気にかけるのは、えりか先生よりも土井氏の方である。

「食べたんでしょ。てんぷらの数が少くなってるし、ゴミ箱にカップヌードルのカラが捨ててある」

えりか先生はひややかにいう。さすがは作家である。一瞬の間にするどい観察を下してるのだ。しかし、いかな作家といえども、土井氏の一週間にわたる蒸発の実態を見通すことはできないようであった。

「それで！　いったい、どこにいたんです！」

えりか先生は、芋のてんぷらを食いちぎりつついう。私は、土井氏のために、お酒を暖めながら、聞いていた。

「いや、その、あっちこっち……ずーうっと」

「旅行でもしてたの?」

「まあね……ゆく先ゆく先に、イケルのがあったから、旅はええもんやなあ……」

「えっ。あんた、その日その日でちがうのをつまんでたの?」

と、えりか先生も、どたん場になると、ずいぶん、あられもない言葉を使う人である。つまんでた、なんて。

五

「それはやっぱり、同じもんばかりでは飽きますからなあ」

土井氏は平然とそういい、

「てんぷらのお焦《こ》げか……」

と、私がオーブンで暖めたてんぷらを、じっとみつめていた。キスのてんぷらも、三つ葉のてんぷらも、端がみな、焦げているのであった。

「どうして、ヨソでそんなものつまむんです、家へ帰ればタダのモノがあるの

えりか先生は声をはげます。

土井氏はうなだれた。

「それはわかってるけど、やっぱり、好奇心もあって、新しいもんを食うてみたい、という……」

「フン」

えりか先生は鼻で嗤《わら》ったが、心を傷つけられたらしき様子であった。

「それはあたしだってね、新しいもんを食べたいですよ、でも、そんなこと、みんながしてたら、何もかもメチャメチャやないの。せっかくこうして、ちゃんと家があるんやから、それを壊さないようにしとくのが、社会人の良識、いうものとちがいますか」

「そない、大げさにいうほどのもんでもないのと、ちがいますか」

土井氏は、ふしぎそうにいった。

「何ですって。本能のおもむくままに、欲望にふけっていて、それが大げさでない、というの！」

えりか先生の見幕に、土井氏は恐れをなして、小さな声になり、

「しかし、私ぐらいの年齢《とし》の男は、つまりその、みな、ヨソのもん食うてみたい、という気イがあるようや。こういう願望は、みな持っとんのん、ちゃうかなあ。家のとひと味ちがう味を楽しみとうなるもんで、これは人情の自然やと思うがねえ……」

土井氏の舌が、わりに動くようになったのは、お酒が入ったせいであろう。

「まあ、そとで美味いもん食うたあとは、家の不味《まず》いのもしばらくがまんできる、というか……バッテリー上ってしもたらこまるよって、時々、そとで、うまいもん食べて充電する、というような……アハハ。これは、男の人情の自然ですよ」

「あ、そう」

えりか先生は、ひややかにいって、土井氏のおしゃべりを封じた。

「家は、不味くて悪かったわね」

「何も、あんたのワルクチと違うがな」

と土井氏はオロオロとする。

「それに、あんたは忙がしいのやし」

「あたしはね、いかに忙がしくても、家のことは気にかけてます。抛《ほ》ったらかして一週間も家を明ける、なんて無責任なことはできませんよ、よろしい。そっちがそういう気なら、目には目を、です！」

えりか先生は、箸を置いて立ち上り、巨大なお臀《しり》を振り振り、出ていった。そうして、自分の仕事部屋の戸を、ばたーん、と閉める音がした。

土井氏は、苛《いじ》められた、継《まま》っ子のような顔で、じっと考えこんでお酒を飲んでいた。

「なんで、あない怒るのかなあ」

とひとりごとをいう。

「そりゃ、そうでしょ、同じものばかりでは飽きる、なんて言われたら、女としてはたしかに腹が立ちますわよ」

私は先生の味方をしていった。

「そうかなあ。それならもっとちゃんと魅力的にしてくれたらええのやけど、誰が見ても、今晩のてんぷらみたいに、盛りをすぎて食指が動かん、という状態では、これは、外へ出ていきとうなるのんが当り前とちがいますか」

と土井氏は私にまじめにいい、

「まあ……」

と私は、赤くなってしまった。

いくらハイ・ミスの私だといっても、そうして、ねぼけ犀の土井氏だといっても、「魅力的にしろ」の、「盛りをすぎて食指が動かん」などと目の前でいわれたりしては、バツが悪くて身のおき所もない、という感じである。

私は、何だか羞《は》ずかしかった。

べつに、羞ずかしがる必要なんか何もないのに、でも何故《なぜ》か、ナマナマしい気がして、考えてみるとそれは、今まで、土井氏もえりか先生も、夫婦であるのに、ナマナマしい存在として意識してなかったのだった。

土井氏も先生も、家の中で別居してるといってもよく、食事も睡眠もてんでんばらばら、全く生活のリズムは別々で、廊下ですれ違い、

「オヤ、ごきげんさん」

「お久しぶり」

といいかねない離れかたなのだった。そうして、それなりに一つの雰囲気みたいなものがあり、私は、そういう夫婦だと納得して、むしろそれを好ましく思っていたのである。

ヒトリモノのハイ・ミスというのは、あまり目の前で、夫婦に仲よくイチャイチャ

されたら目にあまるという所があるのだ。えりか先生も土井氏も、行雲流水、「あれ、アイツまだ生きてんの?」というところがあるゆえ、私は救われていたのである。

それがとつぜん、腥《なまぐさ》い話になったので、

「まあ……」

と私は、赤くなってしまい、今まで、ねぼけ犀だとばかり思っていた土井氏が、急に男くさくなってこまってしまった。

そこへ、電話が鳴った。私が出ると、

「土井サンのお宅ですね? 只雄サンいらっしゃいますゥ?」

と、例の若い女の声、これこそ、磯村本能の声ではないか、図々しくも、また、電話してきたのだ!

土井氏はさっそく電話に出て、

「いやいや、この間はどうも、お疲れさん」

なんていってる。

「お疲れさん」もないもんだわ、浮気の相手に向って、と私はまた、赤くなってしまった。

それにしても図体《かさ》ばかり大きく、ヌーボーとした氏をあいてに、「お疲れさん」といたわられるほど浮気して歩く磯村冬子という女は、どういう女なのであろうか。

「アッハハハ」

と、土井氏のたのしそうな声。ジャガ芋と酒を飲んでるとき以外は、あんな声は出ないのに。

「うーむ。それはそれは。では、あしたの晩、そっちへまわるわ。いや、そうと聞いたらこれは抛っておけん。本能の血がさわぐ」

向うでは、ぜったい、期待はうらぎらない、とでもいったのであろう。

「うむ、あんたのことでは、期待は裏切られたことはない」

向うでは、自分もたのしみにしている、とでもいったのであろう。

「うむ、私も楽しみや。これだけが楽しみやわ」

なんて。

私は思わずきき耳たて、

(いやだなあ、おとなって)

ヌケヌケと、いやらしい話を交し、楽しんでいる。あれはすでに、電話の声で淫《いん》してるのだ。土井氏って、あんがい、ずぶとい人だわ、と私は意外でもあり、ムクムクと興味を持った。

土井氏は台所の席へもどると、

「ごちそうさま」

と機嫌よくいい、テレビの部屋で飲むつもりか、ウイスキーの水割りのしたくを私にたのんだ。

正直いって、私は、今まで土井氏を男性とは見てなかったのである。しかし、一連のできごとによって、土井氏もまた男のハシクレであり、色ごとをする、ふつうの男だ、ということを発見したので、それはいささか私には、ショッキングであった。

そうして、私には森夫の気持が、すこし、つかめるような気もした。森夫は、「家にタダのものがある」のに、やはり外のものに興味をもって私に声をかけてきたのかも知れない。森夫の家のタダのものは、はや新婚一年にして魅力あせたのかもしれぬ。

私が土井氏のところへ水割りを運んで、えりか先生の部屋の前を通ると呼びとめられた。

「マリ子さん、一ばん近い締切はいつだったっけ」

先生は、部屋の中でトランクをひろげ、原稿用紙をつめこんでいた。

「あれ。どこかへいらっしゃるんですか?」

「いらっしゃるのよ」

先生は、何を思いついたのか、さっきより機嫌よく、

「取材旅行に、行かねばならぬ、と思い出したのよ。鈴木ノボちゃんをつれていくことにしたわ」

「でも。でも、そんな予定、ありましたの?」

私はあっけにとられた。

「いまつくったのよ、すぐ『小説山盛』編集部に電話しなさい!」

「もう夜ですから、みな帰っている、と思いますが……」

「では、ノボちゃんの自宅へ電話を入れなさい。ノボちゃんはすぐ、飛んでくるはずです。――あたし、ノボちゃんと旅行に出るわ。目には目を、というつもりじゃないのよ……フフフ」

先生は、うれしそうに笑った。

めおとけやき

一

鈴木ノボル青年の自宅番号は、わからなかった。そもそも、編集部自体が、すでに出てこないのである。締切前後のいそがしい日ならともかく、今は、誰もいないと夜警のおじさんにいわれた。

えりか先生はしかし、もう行くつもりで楽しそうに、いろんなものを詰めこんで、鞄《かばん》をふくらませているではないか。

「先生。どうしても鈴木サンに連絡つきません。それに、編集長サンにも連絡つきませんわ。やっぱり、出発は明日になさらなくては」

私は先生の手を押し止《とど》めるような言い方をした。

「エ?」

えりか先生はびっくりして、きょとん、と私を見る。

連絡がつかない、などと、そういうことがこの世の中にあろうとは思えない、そんな顔である。私は重ねていった。

「自宅の電話なんて教えてもらえないんですよ」

「なーんや、そう……」

先生はいっぺんにしょんぼり、した。よっぽどガッカリしたとみえて、

「そう。……ノボちゃんに連絡できないの」

とくりかえす。

私はそれを見て、えりか先生がかわいそうになってきた。先生には、一途《いちず》な所があり、そのことばかり思いつめると、全く、ほかのことが考えられない子供みたいな部分がある。

そうして、その期待を裏切られると、ほんとうに子供みたいにがっかりする。

私は先生が気の毒で、

「ちょっと待って下さいね、もういっぺんあたってみますわ」

といった。東京の「満載小説」編集部へかけてみる。商売ガタキではあるが、そこは同業者のことゆえ、自宅を知らぬまでも、編集者のよくいくたまり場のバーでも教えてもらえないかと思ったのだった。そこへ電話しても、果して鈴木クンがいるもの

やらいないものやら、わからないが。

編集部へ直通の電話をかけてみると折よくすぐ、電話が通じた。

「はい。『満載小説』です」

私はそのガラガラ声が嬉《うれ》しかった。こういうときでなかったらべつに嬉しくはないが。それはジャガ芋こと、有吉太郎編集者である。

「よかった！　有吉さんがいらして」

といったら、ジャガ芋は急に硬化した声になり、

「おい、あれはボーナスが出てから払う、とこの間ママにいったじゃないか」

などという。バーのホステスとまちがったのかしら？　私はつんとして、

「こちらは、大阪の秋本えりかでございますけど」

といったとたんに、紐《ひも》のほどけた声で、

「おっ、なーんだ、明田サンか、失礼しました。こんな時間に電話が掛るから、何ごとか、と思いました」

ほんとにビックリしたようだった。そうして俄然《がぜん》、興味をかき立てられた如《ごと》く、

「どうしたんです、いったい。何ごとかあったんですか？　今日、旦那《だんな》が帰ったんでしょう？　それで取っくみ合いのケンカになったとでも。えりか先生、気が強いから

なあ。それとも、あてつけ、いやがらせの自殺未遂、——これは、『文壇ビックリニュース』のトップを飾るなあ」

「文壇ビックリニュース」は「満載小説」の呼びもののグラビアページである。ジャガ芋は商売気を出して、好奇心をもったようであった。矢つぎ早にきく。

私は、ついつい、土井氏と先生の口ゲンカ、冷戦——といっても、土井氏の方は蚊に刺されたほども反省しておらず、のうのうとしているが——先生が旅行に出ると、支度していることを話した。

「『山盛』の鈴木サンか——うーむ、まあ、心当りの場所がないわけでもないですが、そう急にいったって、向うも体が空くかどうか。僕じゃ、いかんですかな。僕、ちょうど、取材で、子宝温泉へ行くことになってるんです。東北の温泉なんて、ちょっとすてきじゃないですか。もし、先生がいらっしゃるなら、急遽《きゅうきょ》、編集長に連絡して、取材旅行の手つづきをとります」

「子宝温泉……」

それは、有名な東北の鄙《ひな》びた温泉なのだ。(有名で鄙びた、というのはおかしいが、つまり、観光化されていない、俗っぽくない山間の温泉として、もてはやされている、ということである)私は、先生のために、心をそそられた。夫婦間のスキマ風を、心しずかに反省し、考察するためには、そういう、物静かな山里のいで湯が、こよなき慰めになるのではなかろうか。

ただ、不足な点は、ついてくるのが、先生のご指名による鈴木ノボルクンでなくて、先生のきらいなジャガ芋であることである。

「じゃ、先生にいってみますわ。すぐお返事させて頂きます」

「そうして下さい。僕の方の予定は、明後日の出発なんです。僕は一泊しますが、先生は数日、ご滞在頂いて、ちょっと早めですが、次の原稿も仕上げて頂けばありがたいですな」

とジャガ芋は商売にもぬかりなかった。

そうして、

「ここだけの話ですがね、明田サン」

と声をひそめ、

「『山盛』の鈴木クンみたいな、たよりない——といっちゃ何ですが、先生の言いなりになるような、気のやさしい人をつけてちゃしようがないですよ。しまいに、先生の行先も分らぬようになってしまって、連載のせてる社は、オタオタしちゃいます。『抜群』もつづきものの読物があるんでしょ。危ない危ない。先生は、目をはなすと、糸の切れたタコですからなあ。鈴木クンじゃ手に負えないですよ」

とジャガ芋は、鈴木クンをこきおろし、

「これ、何も『山盛』サンのワルクチいってるんじゃないんです。我々、文壇関係者にとって、えりか先生は、大切な存在でありますから、大事にして、いつも居場所を確認しときたい、という熱意のあらわれなんです。えりか先生の文学を愛するあまりですよ」

どうもジャガ芋のいうことは、だんだん、大きくなるようである。

二

「子宝温泉——うーむ、そこは、いいわねえ……」

案の定、先生は釣られて嬉しそうな顔色になった。

「山にかこまれた古びた湯の宿で、しずかにノボちゃんと、せせらぎの音をきいてる……」

「ジャガ芋」

と私は訂正した。

「あ、そうか、そいつはいなくてもいいんだけどなあ」

「じゃ、こうしたらいかがでしょう。ジャガ芋の『満載』サンに取材旅行につれていかせ、そこで、『山盛』サンの原稿を書き、鈴木サンに取りに来させる……」

「あっ、そうか。うん、そうしよう、そうしよう」

と、先生は、よみがえったような声になり、

「ジャガ芋はどうせ、取材がすんだら帰るんだし」

先生は、すでに、心は子宝温泉に飛んでいるらしかった。

そこで、私はさっそくジャガ芋に電話した。

こういうときに、ふしぎなのはジャガ芋の癖である。ジャガ芋は、せっかくさっきは、鈴木クンを出しぬいて、けんめいにすすめたくせに、

「先生は、子宝温泉にいきたい、とおっしゃってますわ」

というと、打ってかわって熱意のない声で、

「ふーん。やっぱり行きますか、じゃあ手配します。明日、切符がとれたらすぐお電話しますが、しかし……」

と言い淀《よど》み、

「しかし、何でしょうか、それ、土井旦那は賛成してらっしゃるんですか」

という。

ジャガ芋は、磯村本能と同じく、土井氏のことを土井旦那、などというのである。

「いえ、すべて、先生だけのお考えですわ」

土井旦那はテレビを見ながら、のんびり水割りなど飲んでおり、女房が旅支度しているとは、夢にも思わぬようす。

「うーむ。そんなこととして、いいんですかね。旦那を抛《ほ》っといて飛び出すのは……。何なら、土井旦那もご一緒に」

「だって、旦那さまも、勝手に出られたんですものね」

「そんなこと、両方でいってちゃ仕方がないじゃないですか、えーい、困ったな。これは僕がいって、時の氏神にならなきゃいかんかな」

ジャガ芋は、オシャベリばかりでなく、おせっかいやきでもあるようであった。

その翌日である。

先生は、朝早くから、私に、ジャガ芋に早く電話を入れるように、かつまた、鈴木ノボル青年をつかまえるように、ヤイヤイ、いっていた。

例の子供っぽい癖で、思い立つとそのことばかり考えて、ほかのことはできないらしいのである。

鈴木クンは出張で、あと三日は帰らぬよしであった。

ジャガ芋はまだ出社せず。大体、編集者や記者というものは、朝がおそいものである。そうかといって、日によっては、六時ごろに帰ってしまったり、する。また、たえず外へ出ており、そうでないときは、

「社内におるはずですが、席におりませんので、いま呼んでおります」

などといわれる。

また、人によると、

「昼めし食いにいってます」

というのもあり、これが二時三時の話、われわれシロウトからみると、こういう出版社新聞関係者の勤務ぶりというのは、よくつかめない所があるのだ。また、

「席に帽子がありますから、社外には出ていないと思われますが」

などといったりし、これは、禿《は》げあたまの人なので、必ずベレー帽をかぶって外出することになっているから、社外に出ていないはず、とわかるのである。

ジャガ芋は、一時間ばかりして向うから、かけてきた。

「やはり、いらっしゃいますか、編集長はどうぞ、いらして下さい、といってます」

「あの、先生は、こんどの回に、子宝温泉のことを書いとくとおっしゃってます」

先生はリチギな所もあるのである。取材に連れていってもらったら、必ず書かねば

ならぬ、と思うのである。

「ま、スジの上で、そういう風に発展したら、書いて頂けば。どうってこと、ないですよとおっしゃって下さい」

ジャガ芋は、わりあい、そういう点は、大らかであった。

「子宝温泉には、やっぱり散歩するところも、あるんでしょうねえ。カジカの鳴く川とか……ひんやりした山の中とか……」

「さあ。僕もはじめてですが、写真でみると、そうですな。先生の筆もすすむかもしれません」

「先生は、そこを……」

ノボちゃんと歩くことを夢みていらっしゃるのです、と私はいいたかったが、やめた。

ジャガ芋はしきりに、土井旦那のことを訴えていたが、えりか先生の頭には、子宝温泉でノボちゃんと会うことしか、ないようであった。

私は、鈴木クンを呼び寄せたり、書き上げた原稿をそろえたりする役目があるので、ついていくように言われた。実をいうと、私は、東北は始めてなので、子宝温泉に行けるのがたいそう、うれしかった。先生に劣らぬ期待をもって、荷造りをしていた。

土井氏は、昨日の電話では、会社からまっすぐにどこかへ寄るようなことをいっていたが、定刻に帰ってきた。

先生は、これ見よがしに、トランクを玄関に置いていた。

「オヤ。これはどうした?」

土井氏はさすがにびっくりする。

「どこかへいくの?」

「行くのよ。明日からいきます。いつかえるか、今のところ未定よ」

「どこへ? 講演旅行かね?」

「いいえ。取材です」

えりか先生は、大得意だった。

「ふーん。どこへいく?」

「子宝温泉」

「あそこの名物は何かなあ……」

「子宝に恵まれるっていうのよ」

「いや、タベモノや」

「知らないわよ」

えりか先生は、土井氏が、あんがい動じないで、ちっともびっくりしてくれないので、じれじれしているようにみえた。

「どうせ東北やから、ツケモノやろうなあ。みやげを持って帰ってくれ、といいたいが、ツケモノだけはその土地で食べんと美味《おい》しイないからなあ」

「あんたは、あたしがいなくなるより、タベモノの名産のことばかりが気になるのねえ!」

えりか先生は腹立たしげに叫んだ。土井氏は叱《しか》られたように怯《ひる》んで、だまって服を着更《きか》えはじめた。

表で、車のクラクションが鳴った。ついで門のベルが押された。

私が出てみると、はじめて見る女だった。

デップリと太って、ゆうに七十キロはありそう、頬が赤くはちきれそうな、貫禄《かんろく》の堂々たる女性で、それでもまだ若いらしく、肌も、瞳《ひとみ》の色もきれいだった。

「あのう、只雄サン、いらっしゃいますゥ?」

とかんだかいソプラノ。

これは、まちがいなく、電話をいつもかけてくる磯村本能ではないか。

彼女はオレンジ色のトリコットらしいやわらかな生地のワンピースを着ていたが、

それがよけい、ムチムチ、プリプリした軀《からだ》つきを、くっきりあらわしていた。デブではあるが、精気に溢《あふ》れたデブであった。若々しいデブであった。

デブの美女、というものがあるとすれば、まさしくこの女であった。頰はゆたかに垂れて、臀《しり》は小山のように盛り上っていたが、ただ形が崩れて厖大《ぼうだい》というのではなくて、体のどこからも、精気と活力がふき出すようであった。

そうして、声は力あり、笑い顔もいかにも気持がよく、太陽の方ばかり向いているうちに、太陽に似てきた、というような陽気な顔である。

えりか先生も、陽気な顔ではあるが、ときどき、ウワノソラといった、どこか間の抜けた、人なみでない表情があって、惚《とぼ》けているのにくらべ、この女は、世故たけた点も、よーく心くばりがゆきとどいて抜けめない、といった、潑溂《はつらつ》としたところがあった。

要するに、磯村本能(ジャガ芋編集者の言によれば)は、わりに好感のもてるタイプなのである。

そうして、その表情は動きやすく、お牧さんのように「水爆が三つおちてもビクともしない」というのではなかった。

「あーら、失礼いたしました。私、磯村でございますが、只雄サンいらっしゃいます

と彼女は、満面に笑みをたたえて私に会釈《えしゃく》した。

私が返事するより早く、あたふたと、

「や、やーどうも、どうも」

と土井氏が上衣《うわぎ》を着こんで出て来た。

私は、土井氏のこんな楽しそうな顔は、はじめて見た。それは、

「タ・ダ・オ・チャーン。あーそびーましょ」

と子供に誘いにこられて、息せき切って家から飛んでくる、子供時代の、土井少年を、まさにホーフツとさせた。磯村本能は、

「ごめんなさいね、私、ちょっと手が抜けない用があったもんですから、おそくなってしまって」

「いやいや、こちらこそわざわざ、迎えに来て貰《もら》って」

と土井氏は、車のうしろへ乗りこんだ。どちらも巨体なので、前の座席に並んで坐《すわ》るのは窮屈なのであろう。

車は、恰好《かっこう》はいいがツードアで、うしろの席に坐った土井氏は見るからに、押し込められたという感じであった。磯村本能は、席をずらしたり窓を開けたりして按配《あんばい》を

こころみ、土井氏が少しでも坐り心地のよいように気を使っていた。

気働きがあり、親切な性質であるらしく、太ったわりにてきぱきした動作である。

そうしてその間じゅう、

「みなさん、おまちかねでいらっしゃいますから、早くまいりましょう。全く、もう、ソノ気になると、待てしばしのない連中ばかりですから、メンバーの揃《そろ》うのを今か、今か、と待っていらっしゃいますわ」

「何や、飢えた子供みたいな連中ばかりやからなあ」

と、二人は仲よくいい交し、磯村本能は運転席に坐ると、私に窓から挨拶《あいさつ》した。

「じゃあ、いってまいりまーす」

それは、氏の行先、正確にいえば、彼女が拉致《らち》してゆく土井氏の行先を、私も、知っているもの、というような心安げな口吻《くちぶり》だった。

私はあわてて、車のそばへ走っていって、

「では、明日、先生と私は、旅行にゆきますが、今夜、お帰りになりますか?」

「あ、帰る帰る。さゆりを一人にしとけませんから、帰ります」

と土井氏は機嫌よく、うなずいた。

車は、デブを二人乗せてるにしては軽々と身をひるがえして、走っていく。

えりか先生は台所の窓から、じーっと見ていた。

「何や、あのデブは⁉」

先生は自分はデブでないようにいった。

「みなさん、おまちかねでいらっしゃいます、とはどういうことだ!」

「メンバーがどうの、こうの、といっていられました。麻雀《マージャン》ではないんですか?」

と、私は疑問を提出した。

「でも、待てしばしのない連中、というた。これは本能のおもむくままに猛《たけ》りくるってることかもしれへん」

「そういえば飢えた子供みたいな連中、ともいっていられました」

べつに私は、先生をたきつけるつもりではないのだが、ツイ、そうつぶやいた。

「あさましい! 乱交パーティでもするつもりかしらん。ヘッ、何なとおやり遊ばすがいいわ、そっちがその気なら、こっちも考えがあるというものや!」

えりか先生は機嫌わるく居間へ来た。と、土井氏の着更えた上衣がハンガーごと、畳に落ちていた。土井氏は自分のことは自分でする人で、服を着更えると必ず、きちんとハンガーに吊《つ》るすのであるが、何しろ背の高い人で、しかもおうようときているから、チマチマと箪笥《たんす》の中へ入れたりしまいこんだり、するようなせせこましい操作はきらいなのである。

長押《なげし》や鴨居《かもい》にチョイとひっかけておく。すると安定がわるいので、ハンガーごと、下へ落ちたりするわけである。

「何という卑猥《ひわい》であさはかな野郎だ!」

と先生は落ちてる土井氏の服を蹴《け》り上げた。すると、ハンガーはふっ飛び、服は、

(まいりました!)

という恰好で、襖《ふすま》まで飛んで這《は》いつくばった。

「ええかげんに、せえ!　というのや。ええ年して」

と先生はまた服を蹴り上げ、服は、

(かんにん、かんにん)

と泣き声をたてるような感じで、天井まで蹴り上げられて、どさッと落ちてきた。

そうして私の見ているところ、それは服というよりも、何だか土井氏そのもののような感じで、うなだれていた。

三

朝の七時には、もう、私と先生は前日、予約しておいたタクシーに乗りこんでいた。

土井氏は、約束通り、昨夜九時頃帰ってきたが、まだ眠っており、さゆりちゃんも起きていない。

先生と私の出かけている間は、お牧さんは、休日をふりかえてずうっと通ってきてくれるという話がついたので、私は安心だった。

久しぶりの旅なので、えりか先生のお供、という荷厄介があるにかかわらず、私は大いに弾んでいた。

もう、夏のような日ざしで、しかもむしあつかったが、よく晴れているので、気分としてはとびきり。

それに、空港なんていくのも、何年ぶりであろうか。

「先生、東北はやはり、涼しいんでしょうねえ、関西よりも」

私は、東北にはまだ雪が降っているかもしれぬと思ったり、していた。雪ぞりで滑る子供や、かまくらの中で餅《もち》をたべている子供、雪が軒まで降り積む、藁《わら》葺《ぶ》きの農家の、いろりの灰に突きたてられる魚やきりたんぽ——それらは要するに、みな、カレンダーや雑誌の口絵、また、テレビの正月番組なんかで見た知識であるのだ。

「涼しいし、何より、空気がちがうわよ」

先生も、今は、はしゃいだ子供のようににこにこしていた。

何かうれしいことがあると、先生は、もうそのことばかりで心の中はいっぱいになり、ほかの心配ごとや腹立ちは抛り出してしまうらしい。先生の心の中のイレモノは小さいので、いっぺんに一つしか、入らないもののように思われる。そうして、入れるものが次々と変るので、先生は、その入れ替えにいそがしいのである。日本人は、四季に応じて着物や家財道具の入れ替えに忙がしい国民だというが、先生ほどではないわけだ。先生は一時間ごとに、心の中のイレモノに、喜怒哀楽を入れ替えるわけである。

「秋田、角館《かくのだて》……出羽三山。もう何年前になるかなあ。秋にいって、よかったわよ。銀杏《いちょう》は、ほんとの黄金色《きんいろ》をしてて、川の水は透き通って冷たかったたし」

「ハア。子宝温泉も、そうなんでしょうねえ。銀杏の黄金色は、夏だから見られないとしても、川はあるんでしょう?」

「写真で見たけど、吊り橋やったわねえ……。カジカ啼《な》く里、とあったわ」

「カジカはころころ、ころころ、というような声なんでしょ」

「聞いたことないから、知らないよ。録音機もってくるんだった」

話はたのしく弾み、東京へいく飛行機の中も、とぎれることはなかった。

「マリ子さん、紫と赤のロングドレスもってきてくれたかしら?」

と先生はふいにきいた。

「いえ。あれは入れなかったと思うけど……。ええ、入れませんでした。あたし、先生が出されたものだけ、詰めました」

「えっ。入れなかった⁉」

先生はみるみる、ダダッ子のように、悲しそうに口を尖《と》がらした。

「紫と赤の、だんだら縞《じま》で、袖《そで》は紫のオーガンジーで、裾《すそ》にビラビラのフリルの入ってるヤツ。衿《えり》もとに赤い蝶《ちょう》のもようがあって」

「ハイ……入れませんでした」

「ああ」

先生はタメイキつき、

「あれ、なかったらノボちゃんと、夜、外をあるくとき、何を着るのよ！ なんで入れてくれなかったのかなあ！」

「あたし、……先生が出されたものだけ……」

「そんなことより、自分で気ィ利《き》かして詰めてくれればいいのに」

先生の心の中のイレモノは、はや、旅への期待から、「紫と赤のだんだら縞」の服に入れ替えられ、いまは、その服のことしか、考えられぬようであった。

「ああ、あの服がなかったら、ノボちゃんに会いとうない。何を着てたらええの?そんなことぐらい、考えてくれればええのに」

「宿屋の浴衣《ゆかた》はどうですか?」

私は助け舟を出した。

「鈴木サンとお二人で、どちらも宿の浴衣を着てそぞろあるき、なんて粋《いき》ですわよ」

「浴衣はね、いつも身に合うもんがないんだよッ」

先生は、唇をつき出して、悲しそうであった。

「大人もんは丈が長すぎるし、子供もんは身幅が合わないし」

そうして、じーっと窓の外の雲を見、

「紫と赤のだんだら縞。紫と赤のだんだら縞」

とつぶやいていた。

私は、川の水の美しい吊り橋をそぞろ歩いて、カジカの声を聞くには、宿の浴衣の方がよほどぴったりきまって日本的な情緒でいいだろう、と思ったが、先生のあたまには、(いや心の中のイレモノには)日本情緒というのは、入ったことがないらしかった。そういえば先生は、キモノというものに手を通したことがない。先生は頑固に、「自分に似合うと信じてる」衣服しか身につけない。そうしてその衣服たるや、いつ

かのタクシー運転手サンがいったように、

「どこの国の人ですか?」

というような質問を出したくなるたぐいのものであった。強いていえば、先生の好きな強烈なパンチの利いた、原色のケバケバしい衣服は、先生独自の民族衣裳《いしょう》とでもいうものであろうと思われる。

それはともかく、あまり先生が、「紫と赤のだんだら縞」ばかりつぶやくので、とうとう私は、「じゃ、宿へ着いたら、早速、家へ電話して、お牧さんに速達小包みで送ってもらいましょう。ちょうど鈴木サンがくるころには、着くから、いいでしょ」ということになった。先生はたちまち元気をとり戻し、

「そうね、あれがあれば、私はほんとに心からたのしめるわ。ノボちゃんには、あの服をまだ見せてないから、着てみせたいの」

と満足そうにいった。

それからは、また、先生の心の中のイレモノに、旅への期待が入れ代って入ったらしくて、話はたのしく弾んで、無事、東京空港に着いた。

しかしそれで以《もっ》て、えりか先生が、あるいは作家というものが、単純だときめつけてはいけないのである。

私が、念を押すつもりで、

「しかし先生、鈴木サンと、紫だんだらの服を着てたのしく散歩なさるには、まずその前に……」

と言いかけるが早いか、

「わかってるわよ、仕事の話は、せっかくたのしい旅に言いっこなし！　また、不機嫌にさせよう、っての！」

と先生はむっとして遮った。まさしく私は鈴木クンを呼び寄せるためには、「小説山盛」の原稿が出来上ることが先決だといいたかったのだが、先生はさすがに先くぐりして、私の言おうとすることを封じてしまった。

東京空港には「満載小説」の有吉太郎編集者が待っていた。ここから、仙台ゆきのヒコーキに乗りこむわけである。

仙台行きは三十分おくれるというアナウンスがある。

ジャガ芋は、黒いショルダーバッグ一つきりの軽装で、手にはカメラを持っていた。それにくらべたら、私たちは、外国旅行にでもいくのかというほどの大荷物。尤《もっと》も、伊丹《いたみ》空港で、荷物は預けてはあるが。ジャガ芋は、

「先生、腹は大丈夫ですか。尤も、仙台には十二時半ごろ着きますから、そこで何か

食えばいいと思いますが」

と提案した。

「せっかくだから、空気のいい、おいしいところで、ゆっくり食べましょうよ」

と、先生ははしゃいでいて、

「仙台はカマボコだったかしら。子宝温泉は何が食べられると思う?」

「さあて、ね。アユには早し。ヤマメの塩焼き、ヤスの刺身などかな? 山菜料理でしょうねえ。……そういう仙人の夕べモノみたいなものをたべて、子宝湯へ漬かってるうちに、ほんとうに子宝に恵まれたら、先生、どうします? お宅はお嬢ちゃん一人きりですから、気張ってひとつ、坊ちゃんをこさえられたらいかがです?」

「やあねえ、有吉さんて」

先生は、赤くなった。先生が「有吉さん」なんてジャガ芋のことを呼ぶのも珍らしいが、赤くなるのも前代未聞《ぜんだいみもん》である。鈴木クンのことでも連想してんのかしら? 意地わるかな。

ハイ・ミスというものは、意地がわるいものだ。意地が悪くなくてハイ・ミス商売が張っていけるか。

ジャガ芋の仕事というのは「満載小説」が連載している「一泊旅行ガイド」の取材

であった。いつもの寄稿家が、とつぜん海外旅行に出たので、ジャガ芋は、その作家の示唆《しさ》によって、子宝温泉をピンチヒッターで取材することになったのだそうだ。

「僕は一晩で帰りますが、先生と明田サンはごゆっくり、ご滞在下さい。明田サン、先生の原稿よろしくお願いします」

とジャガ芋は、私にも愛想をふりまいたが、先生が実は、一刻も早いこと「小説山盛」の原稿を書いて鈴木ノボルクンを呼び寄せたいと思っているとは、夢にも知るまい。

もし、知ったら、腹を立てて、

（こんなヒコーキ、落ちてしまえ！）

と呪《のろ》うかもしれぬ。しかし私は彼に知らせなかったので、幸い、呪われることもなく、ヒコーキは予告通り、三十分遅れて仙台空港に無事着いた。

空港はひろびろと清潔であり、明るく綺麗《きれい》だった。空気の清爽《せいそう》でおいしいことは、関西と全くちがう。私は先生と手を取り合って喜んだ。（東北へ来たんだわ、来たんだわ）と私は心から嬉しく思った。何より、関西のあの猥雑《わいざつ》な人ごみ、車のラッシュ、埃《ほこり》、スモッグ、喧騒《けんそう》がない。

飛行場、空港、タクシーのりば。

数えるほどの人しか、いない。

そうして、空はあくまで広々とし、青くひろがっている。日ざしは熱く、かんばしいけど、いやな湿気は全くなく、日陰へ入ると、さらりと肌が冷えてくる。

私たちは、ここからタクシーで子宝温泉へ行くのであるが、仙台市内へ入る道とは反対なので、とりあえず、近くの食堂で食事をしてゆくことになった。

「僕は、晩の山菜とヤマメの塩焼きのために、そばにしときましょう」

とジャガ芋はいい、ニヤニヤして、

「先生はビフテキか、カツでもいかがです」

という。

「いえ、私も山菜料理の方がいいわよ」

と先生は大きなトンボめがねをはずしながらいった。それで全員、かけそばを食べた。

「やはり、東北のおそばは、おいしいわねえ!」

と先生はうっとりと叫んだが、ジャガ芋は、

「なに、さっき覗《のぞ》いたら、パックになったヤツをひとたまずつ、ドンブリに入れてましたぜ」

と、情け容赦もなくいう。

しかし、子宝温泉へいく道中は、目がさめるばかり美しかった。これこそ東北であった。関西人あこがれのみちのくであった。ジャガ芋は前の席に坐り、私たちは後にいたが、後の席の女二人は、刻々にうつり変る車窓の景色に、

「キャア！　あの空の色！」

「あ、あ、あの木、見て見て」

といって楽しんだ。透き通った木々の緑、雑木林の葉の、千差万別の緑の美しさ。大気は若葉の甘い匂《にお》いにみちているので、私たちは窓をあけ放っていた。高い峰にはまだ雪があり、その上につづく青い空。車は、葉ざくらの並木の間を走った。川のそばの道で、花が満開のときはどんなに美しいだろうと思わせる。きっと、桜のトンネルになるのだろう。

しかしジャガ芋は、私たちの熱狂ぶりも知らぬげに、ぐっすり眠りこんでいた。

運転手さんは四十代ぐらいの、じっくりした朴訥《ぼくとつ》なおっさんであった。私たちのハシャギぶりにおどろいたか、どこから来たのか、と聞いた。それだけで、あとは何もいわず、黙々と車を走らせていた。そこも東北人らしい口の重さで、いい。

しかしおよそ二時間近く走ると、さすがに先生も私もくたびれ、「キャア！　キャ

ア!」といわなくなった。

それに、あたりは何となく、騒々しいかんじになっていた。今までは、一つの小さい田舎町を通るたび、ちょっと賑《にぎ》やかな商店街があり、銀行の支店、交番所、ガソリンスタンドがあって、やがて家並みがとぎれ、また、畠《はたけ》や木立や森になる。といったくり返しであったが、こんどは家並みがどこまでもつづき、何か、大きい町へ入ったことを思わせた。そのうち車の往来がにわかに烈《はげ》しくなった。

ビルがニョキニョキと目の前に出現した。

道路はいたるところ掘り返され、クレーンがたかだかと吊り上げられていた。

「東北にもビルがあるのねえ!」

えりか先生は頓狂《とんきょう》な声を出した。その声でジャガ芋はやっと目ざめ、

「ああ、よく眠った——」

と目をこすっていたが、

「やや、ここはどこ?」

ときく。

「子宝温泉」

運転手はぶっきらぼうに答えた。メーンストリートには桜の花が飾られ、提灯《ちょうちん》が吊

られ、人々はまだ日も高いというのに、旅館の浴衣に着更えて、ワッサワッサと町なかをゆきかい、織るような人波であった。

そのあいまを、自動車は狂ったような警笛を鳴らしながら飛びあるき、ビル工事の音はドデン、ドデン、とあたりを震動させつづけていた。これが子宝温泉、鄙びた山のいで湯なのだ！

子宝ホテルは、町一ばんの大きな、白堊《はくあ》の殿堂であった。九階建のとてつもないビルで、石を敷きつめた前面の広場には、国際会議でもあるのかというような、世界各国の、万国旗が吊られて風にひるがえっていた。

フロントは目をあざむく色彩の洪水であった。まっ赤な絨毯《じゅうたん》、おみやげ店のごったな色、壁面には七色の光のスポットがあたり、ラウンジの奥の滝は、それにつれて七色に変化する。天井からは銀色の、何ともしれぬ球が、いくつもぶら下っていたが（たぶん、それは装飾のつもりであろうが）空気のどよめきにつれ、フワフワと動いたり、跳ねたり、していた。そうしてジャカジャカ音楽が鳴っていた。

「いやはや、うれしくなるような所ですね。まさか、こんなだとは、思いませんでした」

とさすがのジャガ芋も毒気をぬかれたようであったが、

「しかし部屋は、閑静な日本間にしてございますから、……まあ、ゆっくりお休み下さい」

という。

えりか先生は、心もとなげに口少なになっていた。

先生の心の中のイレモノは、ごく小さいので、いったん想像していたことがはずれると、混乱してしまうのかもしれない。

なるほど、若い娘の従業員さんが案内してくれた部屋は、六階の、広い日本間であった。

先生の方は、次の間つきの八畳、私は、その隣室の六畳である。少女のボーイさん(も、おかしいが)は、重そうにトランクを運ぶと、キイをおいて出ていった。

私の部屋へ入って、窓をあけると、目の下は、拡張工事中のヨソのホテルであった。

そして、スーパーかおみやげものやかの、屋上からはやけくそのような声をはりあげ、

「子宝よいとこ　ソレチョイトネ

チョイトひと浴《あ》み　うれしいたより……」

という、何か、新民謡調とでもいった陽気な歌が流れていた。

先生の部屋へいってみると、先生は呆然《ぼうぜん》として、外を見ていた。ジャガ芋が来て、

「僕はこれから、子宝温泉を一周して写真をとって来ますが……ありゃ、これはやかましいですなあ」

と眉《まゆ》をしかめて、窓の戸をしめた。

アルミサッシなので、かなり騒音は、きこえなくなった。

「思ったより、ひらけてましたな。しかしまあ、これも面白いかもしれません。先生、風呂《ふろ》でも浴びて散歩して下さい。晩食は、ご一緒させていただきます」

ジャガ芋は、えりか先生が、

（話がちがうやないの、何が鄙びた里、なのよ！）

と文句をいう前に、あらかじめ予防線を張って、「これも面白いかもしれません」などというのだ。いつもながら、すばしこい男である。

「ねえ、マリ子サン、これじゃ、ノボちゃんと散歩したり、しゃべったりする所はなさそうねえ」

先生はガッカリしていた。私たちは風呂へ入ってから、ロケハンにいくことにした。

先生は、部屋についている家庭風呂に入るというので、私は大風呂へいってみた。

町は喧騒にみちているとはいえ、……温泉にはまちがいないんだし、波々とあふれた、きれいな湯で、半日の疲れを癒《い》やしたかったのである。

かつ、タクシーの窓から入る風で、私は体中、埃っぽくなっていたから……。

「展望大浴場は九階」

と矢印があるので、勇んで九階の大浴場へいってみたら、それはけしからんことに、男子専用であった。そして、女は、その隣りの小さな浴場なのだ。

「女の大浴場はないんですか」

と、私が従業員にいってるのを小耳に挟んだ入浴客の男は、

「かまいませんよ、どうぞこっちの大きな方へお入り下さい」

といったが、私の方が、かまうのである。

女の浴場は芋の子洗うさわぎであった。しかも、見はらしは何もなく、タイルの壁にかこまれ、町の銭湯とかわりはない。私はあまりの人にのぼせ、かえって汗みずくになってしまった。

旅館のうら手は山になっていて、川が流れている。ここには橋もあるにちがいない。これぞ、写真で何度も見た、「子宝温泉のカジカ啼く吊橋」であろう。

先生は、黄とオレンジのだんだらの服に着かえ、私は黒いレース編みのツーピースに着更えて、勇んで山手の方へ散歩にいった。

夕方ともなると、さすがにビル工事もボーリングの音も止《や》み、風は冷たい。しかし、

町のメーンストリートはますます、人の往来が烈しくなり、飲食店には、ぎらぎらするネオンがともりはじめた。

ヌードスタジオまであり「諸国民芸」のお土産物屋には、人があふれていた。

「先生、こっちの道が、裏手の方に近そうですわ」

私は「本場・大阪が本場お好み焼」の看板をかけた店の、横で折れて、旅館のうらへ出た。お好み焼は、大阪お好み焼なのかしら、なんて考えてると、

「早くジャガ芋帰ればいいのにねえ。いっしょに来たのがノボちゃんだったらねえ、こうやって歩けるのに」

と先生はうっとりいい、先生の小さい心の中のイレモノは、ノボちゃん専用になったみたい。

川のそばに出たが、木がパラパラ繁《しげ》っていて、川向うに家が四、五軒、畠があって、何の変哲もない。

コンクリートの橋が掛っている。

私たちは、自転車で来た男の人に、吊り橋はどのへんでしょうときくと、彼は早口で何かいった。

ようよく聞き返すと、吊り橋は取っ払って、このコンクリートにかけかえたのだそう

だ。

四

夜の食事は、全宿泊客こぞって、「劇場食堂」へゾロゾロと行かされた。食堂の彼方《かなた》に舞台があり、それを見ながら食べるのであった。

ジャガ芋は、一風呂浴びたとみえて、ツヤツヤといい顔色をし、つんつるてんの宿の浴衣を着ていた。

「いやあ、子宝温泉はみごとに変貌《へんぼう》しておったですなあ。鄙びた所ほど、変るとなると早いですからなあ。ま、いいでしょう」

何がいいのか、ジャガ芋はひとりうなずき、先生と私にビールをついだ。ジャガ芋は、まるでカメレオンのように、周囲の状況によって、たちまち信念も生理も変る男であるらしく、

「日本の温泉場というのは、この下品、この騒音、この安っぽさこそ、必要なのです。人は、こういう所でこそ、真の憩《いこ》いを発見するのです」

なんていい、

「この、劇場食堂は人手をはぶくためのものですなあ。うむ、……これはイケル。

美味《うま》い」

と、豚の鉄板焼きを賞味していた。

今は、どのテーブルからも、もうもうと煙があがりはじめていた。おのおのテーブルには、似たような料理が並んでいたが、小さい固型燃料の燃える鉄板には、豚肉、玉葱《たまねぎ》、にんじんなどが、さかんに煙を上げ、それに、銀紙焼の魚や、刺身、それらが、舟型の容器に、ゴッチャになって入っていた。

と、正面舞台の幕がスルスル、あいた。

「東北民謡大会」

と舞台の奥に書いてある。男五人、女五人ばかり、揃いの浴衣を着て、舞台で踊りはじめた。

唄《うた》い手がひとかたまり、ゾロゾロと出て来た。

「子宝よいとこ　ソレチョイトネ
チョイトひと浴《あ》み　うれしいたより……」

これは「子宝音頭」というのだそうである。

「めおとけやきの　ソレチョイトネ
チョイトまたいで　子もち杉」

子宝温泉の上流には、二股《ふたまた》になった高い杉の木があり、それを、子もち杉というのだそうである。

その木の股をくぐると、子宝が授かるのだという。さっき散歩したとき、私たちはそれをみつけた。

木の股は、子宝の欲しい人か、または面白半分の人が、セッセとくぐってまたいでいた。

木の股は、擦られて皮も剝《は》げ、ツルツルになっていた。

私はらくにくぐってまたげたが、先生はどうしても入らないのであきらめた。

その横に、二本の、樹齢の古いケヤキの大木があり、シメ縄で、つながれている。

「めおとけやき」として、人々に崇《あが》められているそうである。

「子宝音頭」は、どうやら、そのことを唄い、子宝温泉の宣伝に一役買っているらしかった。

舞台では、踊り手は、さす手引く手もしなよく踊っていたが、村の婦人会とでもいった中婆《ちゅうばあ》さんの連中である。

やがて、囃子《はやし》がかわって、テープらしい、にぎやかな秋田おばこが流れた。これは半玄人《くろうと》らしい人々が代って出て踊りはじめ、客まで舞台にひっぱり上げた。

ジャガ芋は招かれると、物おじせず、

「よォしッ!」

と舞台へとび上っていった。かなり酔いがまわったのかもしれない。しかし、えりか先生は、つまらなさそうにボンヤリしていた。

ジャガ芋は、酔ってはおどり、酔っては踊りしているうち、

「明田サン! どうです。踊りませんか!」

と私の手を取って舞台へ引きあげた。実をいうと私も、少々頂いたビールのため、いい具合に酔いを発して、何だか踊りたくなり、体がムズムズしていたのだ。

「先生! どうですか!」

ジャガ芋は先生にも声をかけたが、先生は、

「いやァよ」

とそっけなく、いった。

私はジャガ芋のために、(というより、自分のためであるが)

「ちょいと、それじゃ、先生……」

といって低い階段を上って舞台に立った。立ってみると舞台というものは、わりあい広いものであった。しかし今は、二、三十人ばかりもの人々が、くんずほぐれつ、

という感じで、踊っていた。曲は「子宝音頭」で、この方が賑やかで素人《しろうと》も踊りやすく唄いやすい。

「めおとけやきの　ソレチョイトネ
チョイトまたいで　子もち杉」

宿の浴衣を着た人々にまじって、専門の踊り手さんがしなよく踊るので、私も、それを見ながら、手を上げたり、ぐるりと廻ったりした。

「その調子、その調子!」

とジャガ芋はいい、彼の方は、今はすっかり、踊りをおぼえこんだとみえて、

「子宝よいとこ　ソレチョイトネ　チョイトひと浴み　うれしいたより」

と大声で唄いながら、必ず、オマケのように相の手をひとりで入れ、大げさな踊りかたをする。私は踊りながら声をはりあげて、

「有吉さんの踊りって、阿波踊《あわおど》りみたいねえ!」

といったら、

「ナニ、どんな振りで踊ってもいいんですよ、こんなもの。先生もひっぱり出して景気つけてあげましょう」

と、客席へ下りていく。ジャガ芋という男は、どこへ転がしておいても、勝手に楽

しむことを知ってるみたい。独房へ入れられても退屈しないかもしれない。

私も、踊りをやめて客席へいったら、もう先生の姿はなく、

「あれ。部屋へかえりはったんかしら？」

「うん、そうらしいですな。いや、わが社の『満載小説』の原稿にとりかかっておられるのかもしれません。今月は早く頂けそうで助かるなあ！」

ジャガ芋は、独りで楽しむ才能と共に、楽観的才能も持ち合せているようであった。

「どうです、ガソリン入れて、もう一度踊りましょう」

とジャガ芋は、私たちがさっきいた食卓に坐った。ちょうど給仕の少女は、三人とも立ったのかと思って料理を引きかけているところだった。

「おっと待った、待った」

ジャガ芋はそういって引きとめ、私のグラスにビールをついで、

「明田サン、子もち杉をまたぎましたかね。またいだ？　あ、じゃ子宝にめぐまれること疑いなし。先生はいかがです？」

「先生はふたまたがくぐりぬけられませんでした」

「うーむ。あの横幅ではなあ」

ジャガ芋はむしゃむしゃと冷えた鉄板焼きの豚肉をたべ、更に、銀紙の中の魚をつ

つき散らし、わんぐりと大口あけてたべた。その合間にビールを飲む。いそがしい男である。

「僕が居《お》ったら、先生のオシリを後ろから押しまくってむりやりにでもギューと突込んであげたのになあ」

「どうしてそんなに、子もち杉をくぐらせたいの?」

「先生ご夫妻の夫婦和合のためですよ。わが『満載小説』編集部から、秋本えりか先生に、『御出産御祝』なんて、熨斗《のし》包みを呈上するなんてことは喜ばしいことじゃないですか。そういう事態になれば、えりか先生の文学も必ずや飛躍的発展をとげて、新境地を開拓されるかもしれません。――そうだ、ここの温泉に、土井旦那《だんな》を呼びたいなア。そうして、先生と旦那をふたりきりで、子宝温泉にとじこめておく。『あアた』と先生がいう――」

ジャガ芋は、「あアた」という所を、女の口ぶりでいった。

「『何やねん』と土井旦那がいう――」

ジャガ芋はまた「何やねん」というところを、土井氏の声に似せていったが、東京人が大阪弁のマネをすると、アクセントがことごとくヘンであるから、似てはいなかった。

「『二人で手をつないで、子もち杉をくぐりましょうよン』なんて、先生がいう。しかし、先生一人でも入らぬ杉の股が、あのデブの土井旦那と二人では入るはずがない。『あアた、先に潜《くぐ》って下さい。あたし、うしろから押したげますわ』てんで、先生が押して、土井旦那がくぐる、土井旦那が押して先生がくぐる、かくて、押しつ押されつの仲となり、さらに子宝の湯にじっくり、つかって、子宝に恵まれる。——どうです。押しつ押されつの仲ですぞ」

私は、さしつさされつ、というのは聞いたことがあるけれど、押しつ押されつ、なんて満員電車みたいな仲は知らない。

それより、先生が、ここの温泉に呼びたがってまちこがれているのは、「小説山盛」の編集者、鈴木ノボル青年なのだ。ノボちゃんなのだ。もしジャガ芋がそれを知ったら、いかに怒り、わめくであろう。ジャガ芋は、土井氏の友人だから、泣き出すかもしれない。

ジャガ芋の相手をしていると、ビールのありたけを飲んでまた注文し、キリがないので私は、

「じゃ、先生のごようすを見て来ます」

と彼をうち捨てて出た。

ぽつぽつ、劇場食堂から出ていく人もあり、その人々の流れは、いくつもの娯楽室に吸いこまれてゆく。この大温泉ホテルは、遊戯室から、娯楽室を全部、たてものの中に完備し、客のフトコロから落ちる金を、ヨソへ散らさないよう、網を張っている感じであった。

先生の姿は、パチンコ台の前にもゲーム室にもなく、いそいで部屋へもどってみると、先生は、せっせと仕事しているではないか。

「あ、お仕事でしたの。あたし、つい、踊っててすみませんでした」

といったら、先生は静かな声で、

「いいえ、いいのよ。遊んでいらっしゃい、せっかく、こんな所へ来たんやもの、楽しんでいらっしゃいよ」

といった。

仕事をしている時の方が物静かな、良識ある、ゆきとどいた話をするのは、先生のクセである。それは、仕事に気をとられて、万事ウワノソラであることを思わせる。

「ええ、でも……」

と私はいった。ジャガ芋相手ではしようがないというつもりだったのだが、先生は、

「あたしに遠慮しなくてもいいわよ。どうしても、これを早く書きたいから、仕上げ

てしまうわよ。だって、これ書けないと、ノボちゃんを呼べないでしょう?」

先生はノボちゃんに会いたい一心で、一生けんめい書いていたのだ。

いじらしい、かわいい所が、先生にはあるのだ。

でも、あのノボちゃんにそれがわかるのかどうか——。

五

翌朝、私は目をさまし、深い幸福感をおぼえた。

いつもの私の部屋とちがう。この発見のたのしさ。これこそ、旅の功徳《くどく》である。

廊下の隅の洗面所で顔を洗い、窓をあけ放つ。

さすがに朝はビル工事の騒音もなく、「子宝音頭」のレコードも鳴りひびいていない。

小さな湯の町に、似つかわしくない巨大なビルも、朝のうちはモヤに包まれ、しーんとねむっている。

目ざめているのは、町をとりかこむ山々であった。さわやかな緑。冷たいほどの空気。(それは、かんばしい樹々《きぎ》の匂いである)

やっと、この山ふところの湯の町に、自然がよみがえった、という感じであった。

自然は、昼や夜のあいだは遠慮して、小さくなっているのである。

私は、宿の朝食もたのしみだった。

一粒一粒ひかるような純白のご飯。香りたかい味噌汁《みそしる》。漬物に梅干。そういうものが、清楚《せいそ》な女中さんの手によって、部屋にはこばれてくる、その心ときめき。お茶を飲むとき茶柱が立っていたりして、今日の旅の、幸先《さいさき》を祝う、そんなことも嬉《うれ》しい。

先生の部屋へいったら、先生はもう起きて、またもや、こんどは黒と黄色のだんだら縞の服を着ている。

その服はいうならば、先生を、何かの毛虫のように見せたが、むろん、そんなことはいわないでおいた。

「ジャガ芋はまだ起きてないのかしらねえ」

と先生は、今朝はたいそうご機嫌がいい。ゆうべの仕事が、順調に進んだのかもしれない。

「編集者なんてものはみな、朝に弱い人種ですからね、まだやすんではるのでしょう」

私はそういった。

「さっさと帰ればいいのよ。あいつ早く帰らないとノボちゃん呼べないよ」

しく、
と先生はいったが、先生の心の中のイレモノにあるのは今はノボちゃんではないら

「朝ごはん、どうしたんやろ。おそいねえ」

と、朝食のことを考えているらしい。先生も、自宅にいるときは、朝ごはんぬきであるが、旅に出るとすこやかな食欲を感ずるようだった。

「漬物は何でしょうね、ここでは」

「味噌汁の実《み》に何がはいってるのかな」

などと二人でいいながら、朝食を心まちにしていたが、いつまでたっても運んでこず、帳場から電話も掛らないので、こっちから電話してみた。

すると、昨夜の劇場食堂で、バイキング朝食だというのだ。

私たちはしかたなく、下りていった。そうして、昨夜のような、いや昨夜以上の喧騒にぶつかった。

何百人かの泊り客が、手に手に皿を持って並んでいた。壁ぎわには、大鍋《おおなべ》にグツグツ煮たてられた味噌汁、大皿に山盛りされた漬物そのほか、佃煮《つくだに》の大皿、梅干の山、卵の山、干物とおぼしき魚の山があるが、何せ、たくさんの人々がわれがちに奪おうとするので、大混乱になる。

宿の係りの人は、声を嗄《か》らして、

「行列して下さい、行列して取って下さい、ハイ、いくらでもお代りして下さい。たべものはたくさんありますから、押さないで押さないで!」

と叫んでいた。

皿に取ったものを運ぼうとする人、テーブルでもう食べている人。ゆうべは、それでもテーブルに料理があらかじめ並んでいたからこれほどの混乱はおきなかったのであるが。

先生も私も、手に手に皿をもち、行列に加わった。そのさまは、まさに難民キャンプで国連の給食を待っているという感じである。

「先生、テーブルについておまち下さい。お運びしますわ」

と私はいったが、

「いくいく。あたしもいく」

と、珍らしもの好きの先生は子供のようにむずかり、行列して、自分でたべものを取りたがった。

食べものの皿は、何種類もあったが、何だか、お惣菜屋《そうざいや》の店先に立ったような感じであった。私はノリや卵を取り、卵焼らしきものをとり、その他、えたいの知れぬ野菜の煮つけ、それに煮豆を取った。

先生は夢中で皿を抱えて、いろんなものをすくいとっており、席に中々かえってこない。

私は、先生と私のために、更に味噌汁をとってきた。

お茶はアルミニュームのやかんの大ぶりなのに、いっぱいはいって、各テーブルに一つずつ、でんとおかれてある。

そうしてお櫃《ひつ》も一つずつあるのだが、私たちのテーブルのは、すでに先客がたべたとみえて、御飯の底がみえていたので、私は、黒い制服の給仕にたのんで、持って来て欲しいといった。

先生がやっと戻ってきた。みれば大皿いっぱいにこてんこてんに盛りあげてある。

そんなにたくさんたべられるのかしら? 私は、人間のケチは、バイキング料理をたべさせたときに、いちばん露呈する、というのが持論である。ケチにかぎって、たべられもせぬのに、同じ値段だからと思って、いっぱい取ってくるのが習いである。しかし先生の場合は、食いしん坊というべきかも、しれない。

「ごはん、ごはんがない!」

と先生がさわぎたてるので、私は隣席のお櫃をとりあえず失敬してきた。

「あそこに湯豆腐がある! あれも食べたい!」

と先生が叫ぶので、私は皿を持って、行列して取ってきた。

「あ、あれも知らなかった、あんな所にコブ巻きがある!」

と先生は欲しそうにいい、なるほど私も隅っこのコブ巻きは目につかなかった。また行列して取ってきた。先生は、目についたもの——つまり自分が取らなかったたべものの方が、ずっとおいしくみえるようであった。

それからあとも、

「この大梅干よりも小梅干の方がよい!」

とか、干物の魚はやっぱりいや、あそこの目刺しがよかった! といって、そのたびに私はとりにいき、しまいに、朝食をたべたかどうかも忘れてしまった。

滞在中、こういう朝食がつづくのかと思うとゾッとする。そうしてまた、毎晩、子宝音頭を踊らされるのかと思うと、ギョッとする。

ここの温泉は、何日も滞在する、というようなところではないようであった。

やっと喧騒にみちたバイキング朝食(それはバイキングという語源からすれば、騒々しく荒々しいのが似つかわしいのかもしれぬが)がすんで、部屋へ帰ってみると、ジャガ芋から電話が掛った。

「やあ、いま空港です。これから帰ります。ところで、ぼくは東京へ帰ったら、土井旦那にさっそく連絡して、そこへいくように説得します。僕は、月下氷人、いや、花《はな》咲爺《さかじい》さんのつもりです。ジャガ芋の花かな? アハハハハ」

ジャガ芋は、先生が自分につけたアダナを知っているようであった。

「もし土井旦那がそこへいったら、明田サン、あなたは気を利《き》かして引っこんでいなさいよ。人の恋路のジャマする奴《やつ》は馬に蹴《け》られて死ねばよい。——それとも、あなたも誰かを呼びますか? アハハハ……」

失礼な奴だ。しかし、そのくせ、私はふと森夫のことを考えているのだった。

私はホテルのフロントへゆき、劇場食堂でない所で食べたいというと、

「新館・旧館のあいだの通路に、『お好み食堂』がございますから、そこでどうぞ」

といわれた。

で、いってみると、何のことはない「立喰そば」ののれんが掛っており、ほかにはずらりと自動販売機が並んでいるだけ、それは、好きなものを叩《たた》き出せるから、お好みにはちがいないが……。

私はそこでオレンジジュースを二缶、コインを入れて叩き出し、仕事中の先生に一本持っていき、自分はロビーで飲んだ。

さすがに日中の温泉場のホテルには客はなく、掃除のおばさんがうろうろしてるだけ、風呂場、大浴場すべて掃除のまっさい中で、ホテルの機能は停止してしまう。劇場食堂を覗いてみると、今夜の公演にそなえて、またまたテーブルや椅子《いす》が運び出され、舞台を掃き立てていた。

私はホテルの裏へ出てみた。今日もよく晴れて、日ざしは暑いのであるが、さすがに、木蔭《こかげ》へ入ると、肌がひきしまる感じで涼しい。

川に架ったコンクリートの橋をわたり、対岸の村へいった。ここは川ひとつ隔てたというのに、温泉が出ないせいか、ウソのような静寂で、畠のあいだに農家や、納屋《なや》が並んでいる。そうして、どの家の軒先にも、オートバイや、軽四輪、などの車が停められてある。

一軒の家の縁側が、作業場のようになっていて、電動の轆轤《ろくろ》を廻していた。

木の屑《くず》であたりはまっ白に埋れていて、出来ているのはこけしである。

五十年配の爺さんの手もとを見ていると、面白いように、ポン！　クルクル、ポン！と、二十センチばかりの丈のこけしができあがってゆく。これが彩色され、ニスをかけられ、町の「諸国民芸」の看板の出た土産物屋などへ納まるのであろう。まだ真ッ白で目も鼻もないから、木の屑とかわりない。

私は急に、その真ッ白なこけしに、自分でカラーマジックで目鼻を描いてみたくなり、

「おじさん、それ一つ、分けて頂けませんか？」

といってみた。

おじさんは聞こえないらしい。電気のモーターのせいで聞こえないのかと思い、もういちど大声でいってみた。

おじさんは、気の毒に仕事の手をやすめ、スイッチを切り、耳に手をあてて私の言葉を聞こうとした。私はもういちどいったが、どうも、おじさんの身ぶりは、聴力障害者であるというポーズのように思えたので、手まねもそえて、こけしを一個ほしい、という意志を示してみせた。

するとおじさんは、にこにこして、後に山のように積んであるこけしの中から、一つをとり出し、渡してくれた。私は財布をみせ、首をかしげた。私のつもりでは、いくら？　という意味だったのだが、おじさんは、首を横に振って、手をタテに振った。首を横に振るのは、お金は要らないという意味だろうし、手をタテに振るのは、「持っておかえり」という意味だろう。どっちにしても呉《く》れる、ということらしい。

「もらってええのん？」

と私が、こけしを胸に抱いていると、おじさんはうなずいたので、私はうれしくて、おじさんに握手しようと手を出した。

するとおじさんは、困った顔で溜息《ためいき》をつき、うしろからまた一つ、こけしを取り出した。

私は笑って、こんどははっきり手を横に振り、一つだけ貰《もら》って、ていねいに、おじぎして、そこを出ていった。おじさんは、私が図に乗って二つせがんだように誤解したのであろう。

とてもいいおじさんである。私はのっぺらぼうこけしの頭を撫《な》で撫《な》で、帰ってきた。

帰ってみると、先生は、私を待っていた。

「何してんのよ、早《は》よ帰ればええのに！　ノボちゃんに電話してよ！」

「えっ、もうできたんですか？」

いつもなら三、四日もかかる連載小説なのに。

「まだだけど、もう、目鼻ついたから、きっとノボちゃん来る頃には、できてると思うわ。早い目に電話しといて」

「『小説山盛』、きっと大びっくりですよ。締切前に原稿きたなんて、編集部一同、地震でもくるのかと気絶するでしょうね」

「よけいなこと、いうな！」

「すみません」

私は、先生の部屋の電話で、東京の山盛書房を申込んだ。

鈴木ノボル青年は、原稿の出来上りの早いのは喜んだが、子宝温泉まで取りに来い、という注文には、すこし困惑したようであった。

「まだ時間はたっぷり、ございますので、あのう、郵便でお送り頂いても間に合いますが」

なんていう。

「いいえ、だめですよ。やはり、編集者の方に傍にいらして頂いて、大切なヤマ場ですから、先生も忌憚《きたん》ないご批評なり、ご意見なりをお聞きになりたいんじゃないでしょうか」

私も必死である。どうせ鈴木青年に批評や意見がいえるはずはない、原稿を持ってかえるだけが精一ぱいという新米編集者、ちょっと待たせると、「殺すなら殺せ」というような切なそうな顔をする、そういう肝っ玉の据わっていない青年に、批評なんかできるはずはないが、やはり、花を持たせるのが礼儀であろう。

私が電話を切ると、すぐ先生はいった。

「ノボちゃん、いつくるの？」

「ほかに仕事ありますから、あちこち調整をして予定をたてますということです」

「あのボンヤリにも出来るような仕事が、ほかにあるのか！」

と先生は叫び、そこらへんが小説家のふしぎな所である。どんなにごひいきにしてかわいがっていても、それとは別の冷静な観察力が働いて、「ボンヤリ」という評価を、鈴木クンに与えているらしい。

尤《もっと》も、この場合は、「バカな子ほど可愛い」というところかもしれぬ。

私はジャガ芋が、花咲爺《はなさかじじい》になって、先生と土井氏のあいだに、夫婦和合の花を咲かす、といったことはまだ告げていなかった。何だか土井氏の話をすると、先生の怒りを誘い出しそうな気がしたし、それに先生は一生けんめいに書いていたから……。

三十分くらいして、鈴木クンは、電話で、

「明日、それでは参上いたします。ハイ、編集長が、マボロシの原稿になってはいけない、と。来いといわれたときをはずしたら、あるいはヨソへ廻してしまわれるかもしれぬと心配して、取りにいけ、といいますから、うかがいます。……ハイ、宿も、子宝ホテルにとれました」

といった。正直で素直なのもよいが、こう正直であると足もとがみすかされるというものである。

でもえりか先生は大喜び、ただし、紫と赤のだんだら縞《じま》の服はまだ着かないが、早くもそれは心の中のイレモノから消え失《う》せたらしく、いまはノボちゃんのことばかり考えるらしい。

「どうしても今夜中に仕上げるわ」

とイソイソと机に向かった。

私は、宿から一歩も出ない先生のため、むりやりに外へひっぱり出して、季節料理の店へつれていき、山菜をたべた。先生と私とでお酒一本。鮎《あゆ》の塩焼きとメニューにあるので喜んで注文したら、これがボテボテの腹の養殖鮎。どうなっているのだろう、鄙《ひな》びた山のいで湯、というキャッチフレーズは。子宝温泉だから、鮎まで孕《はら》んでいるのかもしれない。

夜、先生はとじ籠《こも》って原稿書きの巻。

私はこけしに、マジックで目鼻を描いて遊んだ。テレビを、見ようと百円玉を入れたら、何だか三十分ぐらいで切れちゃって、せっせと百円玉を入れつづけてるうちになくなってしまった。自動販売機をご愛用するせいもあるだろう。ハイ・ミスはよく金が要るようにできている。

目の下の通りは、新婚さんも、揃《そろ》いの浴衣《ゆかた》でよく通っている。お土産物の店で、二人で買物してる姿も、よく見る。

進藤森夫も、彼の妻と、こんな所へ来たのであろうか? いま、子宝銀座をそぞろ歩いている幸わせそうな新婚サンたちと同じように、幸わせそうであったろうか。それがなぜ、朝ごはんも作ってもらえず、昔の女と会って、うれしそうな顔になる、うらぶれてシケタ世帯やつれ男になったのだろうか。

六

翌日、先生は朝からはりきっている。昂奮《こうふん》のあまり、朝ごはん抜き、私はバイキング朝食を一人、悠々と取った。ナニ、慣れればこの食事も、たらふく食べられていい。

早くも十一時ごろ、先生の部屋に電話があって、フロントからである。

「東京の山盛書房の方がみえられました」

先生はキャアキャア! といって、あわてて服を着更《きか》えた。こんどはピンクとグリーンのだんだら縞、この桃色と緑色のとり合せは、そのまま、染色《そめ》見本である。

「失礼します」

と女の声がして、白いスーツに、黒いブラウスという粋《いき》な、様子のいい若い女が入ってきた。

なかなか美人で、しかもあたまの切れそうな婦人である。彼女はかねてえりか先生の顔を知っているごとく、愛嬌《あいきょう》よくにっこりし、

「あ、秋本先生。あたくし、『小説山盛』編集部の、村山と申します。よろしく」

と、名刺を出した。

「ハハア」

先生はすでに老眼だから、すこし離してみて、

「あなたは？　ノボちゃんの代理ですか？　あの人は来ないの」

「いいえ、もう参ると思います。実はあたくしの方は、明日まで休みを取っておりまして、ちょうどいい折ですから、遊びにまいりました。あたくしの方は全くプライベートな旅ですわ。でもあたくし、かねて先生のファンでございますの。鈴木が、こちらに先生がご滞在で、お原稿を頂きにあがる、と申したものですから、べつにどこへいくというあてのない休みですので、急に思い立って出て参りましたのよ。——あ、でもお目にかかれてよかったわ。こんな折でもなければなかなか……。あたくし、いつも冗談に、鈴木に先生のご担当を代ってくれ、って申しておりますのよ、ホホホホ……」

その婦人、村山女史は、若くみえるが、これだけのセリフを一気に、立板に水のごとくしゃべるところをみると、どうしてどうして私とチョボチョボ、あるいはもっと上の年頃ではないかと思われた。若々しくみえるのは彼女のもつ活気と生命力の輝きのためであろう。声には力があり、張りもよく、頰は冴《さ》えて、眼は輝やいている。そうして、なめらかなコトバが次から次へ出てくる。

村山女史は自分の腕時計を見、

「あ、もう鈴木も着くころでござんしょ。社へ寄ってから出発しますので、あたくしよりおくれたんでございます。——せんせーい、鈴木はマゴマゴしておりますから、さぞ、ご不満な点も、おありでござんしょうねえ。申しわけございません」

「そんなことは、ないですよ」

先生はさすがに、そのマゴマゴしてるところがかわいいのだ、とはいわなかった。

ここは日本風宿屋でもなし、かといって純粋のホテルでもなし、ルームサービスするような所ではないので、私は、何か、廊下のお好み食堂で、自動販売機から叩き出してこようとして、

「何がおよろしいですか、お飲みものは」

といったら、

「ビールがいいですわ、先生、お仕事まだございます?」

「いえ、もう済んだんだけど」

「じゃ、お茶よりビールにいたしましょ、すぐ、スーちゃんも、ホホホ、社内では鈴木サンと呼ばずに、スーちゃん、なんて呼ばれてますのよ、あの人。もうすぐ着きますから、お仕事の終りましたお祝いに、パーとやりましょうよ」

　私はことごとくおどろかされたが、先生も多分、そうだと思う。

　缶ビールを抱えて私が帰ってきたら、村山女史はすでに百年の旧知のごとく先生相手にしゃべりまくっており、私の出した缶ビールを受けとり、片端から開けていく。

「何となく頼りない人ざんしょ、スーちゃんって。でも。ポン。シュッ!（缶ビールの開く音である）あれでなかなか。ポン。シュッ!　いいところのある子でござんしてね。ポン。シュッ!　まあ、結婚もしたことですし、追々しっかり致しましょうねえ、せーんせい。男って結婚すれば固まりますわね?」

「鈴木サン結婚したの、いつ?」

　先生はビックリしてきいた。

「式は一週間前でございましたけど、あたくしたち忙がしくて、休みもとれず、旅行もできなかったんでございます。それでちょうどいいあんばいと思いまして。ホホホホ」

「あたくしたちって、つまり、あの、それでは……」

「ハア、あたくしと結婚したんでございますが、もう、ほんとに、ナンでございますわ、ともかく、マゴマゴしている人ですから、頼りなくて、先生にもご迷惑おかけしてることと存じます。ご勘弁下さいまし。――ところであたくし、先生の『おっとどっこい』というお作が大好きですのよ。おかしくてペーソスがあって。ハア、ほんとうにもう。先生、あのモデルはやはり、先生ご自身でしょうか。……」

しかし先生はそんなことは、耳にも入らぬふうで、

「一週間前に結婚したの、まあ、何も、あたしに知らせなかったやありませんか！」

憤然と叫ぶ。

「いいえ、もう、ごく内輪に、社外には知らせません――どうせ共働きをつづけますし。お祝いなどのお心づかいはご無用になさって下さいまし」

村山女史は、先生が憤然と叫んだことを、お祝いの都合だとばかり思っている。

「先生、『はっけヨイヨイ』というのも、楽しゅうございました、あたくし、ほんとうに先生のお作品を拝読していますと……」

「あの、原稿は、出来てますから、持って帰って下さい。鈴木サンもう来なくてよい

から……」

　先生は力なくいった。

　私の見るところ、村山女史は、悪げのある人ではなさそうであり、かつ、先生の作品のファンというのも、ウソでは決してなさそうであった。そうして、彼女の活気と生命力は向いあっていて快くなるようなものであった。

　しかし、えりか先生にとっては、堪えられないような存在に思えてきたらしかった。

　鈴木青年が結婚しても、秋本えりか先生とはなんの関係もないはず、マサカえりか先生は鈴木クンと結婚するつもりでいたのではあるまいに。

　しかし、えりか先生は大げさにいうならば、生《い》き甲斐《がい》を見失った人のごとく、ニヒルな顔になり、

「あ、そう。それはおめでとう。ちっとも知らなかったわ。結婚しただなんて……」

　と、鼻の穴をふくらませ、ぷーと煙草《たばこ》の煙を吐き、そのゆくえをじっと見つめた。

　先生の才槌《さいづち》あたまの中にはどんな考えが渦巻いているのであろう。先生は突如、私の方に向いて、

「マリ子さん、タクシーを呼んでくれない?」

「は? どこへ行かれますの?」

「どこって、ヒコーキに乗るのにきまってるやないのさ! 仙台空港ですよ」

「あら、もうお帰りですか?」

私と村山女史はあわてて叫んだ。

「帰りますとも! 原稿ができたんだからこんな所にいることはないのよッ。マリ子さん、荷物をまとめてちょうだい」

「あら先生、スーちゃんがもう参りますけど」

村山女史はつい、スーちゃんと口をすべらせた。よほど狼狽《ろうばい》したのであろう。

「でも、あなたがいるんだから、原稿は代りに渡しておきますよ。あなたがたは、今晩、ここに泊って新婚旅行のやり直しをなさったらいかが?」

えりか先生は、またまた、煙草の煙をぷーと吹いていった。えりか先生は、そのときどきで、ミラーボールのように感じのかわる人であるが、今はもう全く、作家先生という威厳のある顔である。

「恐れ入ります」

と村山女史はにこやかに愛嬌よくいい、これは全く、ベテランの婦人編集者という顔である。

「残念でございますわ。今夜は先生のお酒のお相手をつとめてたのしく夜ふかしできると、鈴木ともども喜んでおりましたのに」

「とんでもないわ、私なんかみたいに仕事関係の人間がいちゃ、恋路の邪魔というものよ、馬に蹴られるわよ」

先生は、私がジャガ芋にいわれたことを、そのままいっていた。

「お見受けしたところ、あなたの方がお年上でいらっしゃるのやない?」

これは、私である。私は、同じようなハイ・ミスが結婚したということを聞くと、猛然と好奇心と関心と、何かしら、やりきれなさを感ずるのである。このやりきれなさは何かよくわからない。嫉妬《しっと》かもしれない。だから、こんな意地わるをいいたくなるのである。

「ええ、少しばかり」

と村山女史はにこやかにいい、ウソツケ、大分年上にちがいない、私は羨《うらや》ましさで目の前が暗くなるのである。

「まあ、ハナムケの言葉としちゃ、これは非常識かもしれないけれど」

と先生は、考え深そうに、煙草をくゆらせつつ、

「いつでも別れられる、ということを考えてるのが、一番いい結婚生活ね」

「ハハア」

村山女史はガブッとビールを飲んで、感に堪えぬ如《ごと》く、聞いている。

「結婚したら二度と別れられない、神の合せ給《たま》いしもの、人これを離すべからず。そんなことを考えているから、結婚というのは窮屈な、何の面白みもない人生の墓場になるのです。いつ別れてもいい、と。そう思っていればたいそう気楽になって、あんがい大過なく長つづきするものよ、なあに、男なんて消耗品ですからね」

先生はそういって、何かにあてつけるごとく、ビールを一気にあおった。ジャガ芋の話では、土井氏が来るかもしれないのだが、今や、そんなもの待っていられない。

先生は昼間のビールのせいか、ぐっすりと、ヒコーキの中で眠った。それは好都合であったともいえる。失恋のいたでをしばし忘れることができたからである。先生が何といおうとも、空港までタクシーの、長い時間、それに、ヒコーキに乗りこむときの時間、全く、来たときの期待と華やぎにくらべ、こうも違うものかと思うほど、陰惨な感じであったから……。二人ともムッツリと口も利かず、もはや何を見ても感動せず、

「フン！　何が東北。何が子宝温泉」

と先生は時に呟《つぶや》いていたが、それは私も同様であった。先生はノボちゃんを奪われた腹立ち、私は、年上のハイ・ミスのくせに、年下の青年をワナにかけてつかま

えた村山女史の凄腕《すごうで》へのやっかみで、ムーとして、何を見ても面白くないのであった。

「大阪までもヒコーキですね? 新幹線ではなく?」

「あったり前よ。落ちるなら落ちろという心境よ。もう一刻も早く帰りたい」

と先生は吐き出すようにいい、傷心の中年女二人は互いに口も利かず、帰ってきたのだった。

空港からタクシーを飛ばしたのだが、家に近づくと、門のあたりに、細長いバスのような車がとまっていた。夕方なので勤め帰りの人々が、しきりに門の中をのぞいてゆく。

「救急車ですわ、先生! ウチに救急車が来ています!」

私は、タクシーの中でうつらうつらと眠っている先生を起した。料金を払う間ももどかしく、かけこむと、近所の主婦が玄関のあたりに集まって、中をのぞきこもうとしている。

さすがのお牧さんも、私と先生を見ると、

「やーれやれ、ちょうどええとこへ帰ってきはった! よかった、よかった」

と大声で喜んだ。

「ママ、おかえり……いま、子宝ホテルへ電話してたところよ」

さゆりちゃんが、心細かったのか、えりか先生にまつわりついて、ただでさえ消え入りそうな子なのに、よけい泣き顔になっていた。

「あたしの留守中に何をしでかしたの? え! このさわぎは何だ!」

先生は、自分をこんなに心配させることに対して腹をたてているのである。

「いったい、どうしたっての!」

そこへ、担架に担《かつ》がれて、土井氏が奥の間から運ばれてきた。白衣の男たちが、前後をかついでいるが、かなり重いのかして、もう一人が加わり、よたよたしながら廊下をくる。土井氏は土気色の顔になって、毛布にくるまっているではないか。

「あっ。どうしたの!」

さすがに、えりか先生は顔色を変えた。

「パパ……パパ、どうしたのオ!……」

いつもは「あのオッサンが」といっているえりか先生も、いまは担架にとりすがって、おろおろと「パパ」を連発している。さゆりちゃんは泣きながら、うしろへついていく。まるで、葬式のような取り乱しようになったが、土井氏は決して死んだのではなく、

「うーむ、うーむ」

と呻《うめ》いているのである。担架は車に担ぎこまれ、

「病院へいく方、どうぞ」

と、白衣の男たちがいうので、私と先生が旅帰りの姿のまま、とりあえず、一緒に乗り込んだ。

先生は土井氏にとりすがって、

「パパ、どうしたの、いやアよ、死んだらいや……」

と泣き出し、私も、貰い泣きしてしまった。

サイレンを鳴らしながら走る救急車の中では、ふつうの気持にはなれないものである。

「パパ……いつもパパを抛《ほ》ったらかしてごめんなさい」

先生は土井氏にとりすがって、かきくどいているのであった。

白衣の男は、職業がら、そういう状景は見なれているのか、べつに気を使うことなく、

「何や、雨になりそうやなあ」

などと言いながら、外を覗《のぞ》いている。

先生は土井氏の手を握り、

「どんな具合？　苦しいの？　どこが痛いの？　ええ？」

と必死にいっていた。

「うーむ……腹がキリキリする……」

「大丈夫よ、パパ、あたしがきっとなおしてあげますよ。もう、つききりで看病します」

と先生は涙をふいていた。

「磯村はん……磯村はん」

と土井氏は、息も絶え絶えにいう。

「いいわ、呼んだげます。磯村という女の人に、いまわの際《きわ》に会いたいのね。よろしい、あたしも、そう物わかりのわるい女ではありません。そうしてあげます」

先生は涙をふいて、きっぱり、いった。

「瘦《や》せても枯れても、あたしは作家です。そのへんの、ワケの分らない女房とちがう。大きな心になって、ゆるしたげます。その人を呼んで会わせてあげるから、パパ、元気出してね……」

「ちがうのや、ちがう……」

と土井氏は、苦しそうにいった。

白衣の男は、こっちには全く注意を払わない感じで、ハヤリ唄《うた》を口笛で吹きはじめた。

「あのな……磯村はんに電話して……」

「ええ、呼ぶのね、呼んであげます」

「いや、きいてほしいねん……」

「なにを?」

「あのな、あの人も食あたりしてないか、どうか……グループのみんなも、どんな具合か、聞いてみてほしいねん」

「食あたり? グループ?」

「そや。みんなで、食べにいったんや。食べあるき会のメンバーに食あたりしてないか、聞いてみて……」

「パパ、そんな会へ入ってたの? ヨソでつまむって、食べ物のことやったの?」

「うん……」

「新しいものを食べたい、家のと、ひと味ちがう味をたのしみたい、というのは、たべもののことやったの?」

「うん……」

「バカッ!」

七

土井氏の病気は、食あたりではなく、食べすぎであった。

磯村本能と土井氏らのグループ七、八人は、

「下らないこの世に、せめておいしいものを食べよう会」

という会をつくり、会員各自の見つけてきたうまいものやで、月いっぺん、あるいは月二へん、会合をひらいて、たらふく、食べていたのであった。

このあいだは、

「大阪府下の知られざる、隠れたうまいものをたずねる会」

というので、一週間ちかく食べあるき、本能は本能でも、食べる方の本能であったのだ。

土井氏は、一日入院しただけで帰ってきた。

「フン! どうせ、オッサンのことだ。そんなことと思った! 食い意地の卑《いや》しい男だ」

先生は、もはや、哀切な「パパ」から、侮蔑《ぶべつ》的な「オッサン」にかわって、土井氏を呼ぶ。

「また、どうしてそんなことに。誰が救急車など呼んだの？　大げさな！」

先生は、土井氏の本能が、性的本能よりも食欲にあったということで、安心よりも憤懣《ふんまん》と軽蔑を感じたようであった。

「あたしよ。ママ。……」

さゆりちゃんが、おずおずといった。

「パパが、きゅうに、痛い痛いといい出したの。あたし、イナダくんと相談して、一一九番をよんだの」

「イナゴとは誰です」

「イナゴちがう、イナダくん。カップヌードル友達よ。イナダくんも、お家ではカップヌードルたべちゃいけない、といわれてるから、いつも家へたべにくるの。イナダくんが電話してくれたんよ……ママ、いないし、もしものことがあったら、と心配になったから」

「あのパパに、もしものことがあったり、するもんか、笑わせるな、というのだ！」

先生は、救急車の中で、あんなに取り乱して泣いたことを、忘れはてているようであった。

「おい……おい……」

土井氏は力ない声で隣室から呼ぶ。

「何です」

先生はつっけんどんにいう。

「まる一日絶食させられたから目エ舞いそうや……あしたの朝は、うまいオカユ食わせてくれよ……」

「何いってんです。もう一日、絶食したらどうなの！」

「そんな無茶いわんといてや。……トロッとした、光るような、まっ白いオカユ……それに、うまい梅干ひとつ。いや、ノリの佃煮でもけっこう。……鯛《たい》でんぶでもええなあ」

土井氏の声は、力ないながら、朝ごはんへの期待で、ツヤが出てきた。

その夜である。私に電話がかかった。

「やあ。救急車なんか来てたから、もしや君の身に何かあったかと、心配になってねえ」

進藤森夫である。

久しぶりの、声である。私には、なつかしい感じであった。しかし、出て来た声は、われながら、ツンケンしていた。

「なんで、いつも、あたしのことばっかり気にすんの！　こっちを監視するみたい」

「すまん。しかし、ほんまいうと、気になってならんねん……もう、こない気になるのん、かなわんさかい、結婚してくれへんかなあ」

私は耳を疑った。そうして、心の底から腹が立った。

「何いってんですか、バカバカしい。あんた、新婚のくせに、人をかつがないでよ」

「いや、もう離婚して一年以上になるねん」

森夫の声は淡々としていた。

「あの女、べつに仲の良《え》え男が居《お》ってなあ、すぐ逃げていきよってん。オレにも男のメンツあるし、女房《よめはん》に逃げられた、いうのん、いわれへんかった。ふた月ぐらい、一緒にいたかいなあ。そのあいだ、朝めし、いっぺんも作ってもろたことなかった。

——僕、毎日、あんたのこと、考えへん日はなかったなあ」

私は、黙っていた。

声が出てこない。森夫はあわてて、

「もしもし……もしもし、聞いてる？」

「聞いてるわ」

と私は、小さく言った。

「マリちゃん、ほんまはまだ独りやねんやろ? マリちゃんのるすのとき、えりか先生の家の家政婦さんに聞いたよ。あの男前の、和製アラン・ドロンは、東京の編集者なんやて、ねえ……。何で嘘《うそ》ついて僕を苦しめる」

「……………」

「もしもし……結婚してくれる? いや、僕に、朝めし作ってくれるかなあ」

私は、だまったまま、である。

そこへ、玄関のドアがあいて、こんばんは、と入ってきたのは武内青年である。

「やあ。……めっきり暑いスなあ。また、原稿、入れかえたいと思いまして。こんどのは、ぐっと面白く、最新の流行をとり入れてあります」

私には、富山の置き薬に、こんど加えた新薬は、とてもよく効く、というように聞こえた。私は、電話へ、口早にいった。

「お客さんだから、あとでまたね。——あ、その件、OKよ。いそがしいから、またあと」

と私は、電話を切り、武内青年がトランクをあけるのを手伝ってやりながら、

「ねえ、武内さん、あんた、朝ごはんぬき?」

と聞いた。それは私にすれば、彼はまだ独身か、と聞いたことなのである。

解説

青木雨彦

軍歌に、
「戦友」
というのがあって、その三番は、
〽ああ戦いの最中に　隣に居《お》った此《こ》の友の
俄《にわ》かにハタと倒れしを、我は思わず駆け寄るのだ。
というのである。

――田辺聖子さんの小説を読むたびに、わたしは、いつも、この歌の、ここのところを思い出している。昭和ヒトケタ生まれのわたしには、じつは軍歌にたいしてはアレルギーがあるのだけれど、なぜか、この歌の、ここのところだけは胸に沁《し》みて、生きていることが辛《つら》くなったときや、生きていることが煩《わずら》わしくなったときなどは、知らず知らずのうちに、この歌の、ここのところをくちずさんでいる。そうして、こんどは、

「そうだ！　田辺さんの小説を読もう！」

と思い立ち、たとえば、この『朝ごはんぬき？』などをひっぱりだしている自分自身に気づくのだ。

ところで、田辺さんの『朝ごはんぬき？』は、昭和五十一年九月に、実業之日本社から刊行された。わたし個人の事情から言えば、そのころ、わたしは、二度めの勤め先をしくじって、四苦八苦していた。

そういうときに偶々《たまたま》読んだ小説だけに、ひとしお愛着が強いのかも知れないが、わたしは、この小説を読んだあと、パタンとページを閉じ、

「生きていることも、満更わるいことではないな」

と、そのへんをズンズン歩きまわったことを覚えている。わたしにとっては、忘れられない作品の一つである。

小説を書くことについて、わが田辺聖子さんは、

「私は、おいしいお菓子を贈るような、楽しい作品を書きたい、と思ってるだけ」

と、おっしゃっている。「私は、『美味《おい》しかったワ！』という読者が二、三あれば、大よろこびしちゃうのである。実に単純である。そうやって、自分を愛してくれる人をたくさんふやすという、この欲望も女の本性みたいなもので、そういうことはやめ

ろ、といわれても、それは私が女であることをやめろ、といわれるのと同じで、無理である」（エッセイ集『女が愛に生きるとき』）
そんなわけで、人は、爽《さわ》やかな風を肌に感じたときも、
風立ちぬ
いざ生きめやも
と思うかも知れないが、おいしいお酒を飲んだり、おいしいお菓子を食べたり、おいしいお菓子のような小説を読んだときも、
いざ生きめやも
と思うのではなかろうか？　田辺さんの小説は、ま、そんな小説である。
なかんずく、この『朝ごはんぬき?』の主人公の明田《あけた》マリ子は、恋に破れたハイ・ミスだ。田辺さんの小説には、しばしば生活に疲れた中年男や、恋に破れたハイ・ミスが登場するが、そのことについても、心やさしき田辺さんは、雑誌「波」（昭和四十九年五月号）のインタビューに応《こた》えて、
「小説にしたいとおもうのは、ドラマのある人。孤立感のある、援軍来たらずという中年の男はドラマティックだし、ハイ・ミスにもそういう感じがある」
と語っている。

わたしもまた、紛れもない中年男だから、田辺さんの描くハイ・ミスに、こころ魅《ひ》かれている。それはもう、恥ずかしいけれど、

恋

といってもいいくらいのものだ。

それにしても、田辺さんの小説の素敵なところは、登場人物のひとりひとりがホントに生きていることだろう。早い話が、この小説の主な登場人物を、推理小説の「主な登場人物紹介」ふうに紹介すれば、

明田マリ子……私。31歳、独身。失恋後遺症から、勤めをやめて秋本家にお手伝いとして住み込む。

秋本えりか……本名・土井ヨシ乃《の》。人気女流作家。遅筆で「神サン」が降りてこないと書かない。

土井只雄《ただお》……秋本えりかの夫。既製服会社の専務。ヌーボーとしていて、マリ子のつけた渾名《あだな》が「鉄人・ねむり犀《さい》」という。

土井さゆり……土井家の一人娘。内気な高校生。ヌードル会社が聞いたら、泣いて喜びそうなカップヌードル好き。

磯村冬子……正体不明のハイ・ミス。通称磯村本能。ときどき、甘い声で「只雄サ

ン」と電話をかけてくる。

有吉太郎……雑誌「満載小説」編集者。通称・ジャガ芋。なぜか、鉄人・ねむり犀と気が合う。

鈴木ノボル……雑誌「小説山盛」編集者。通称・ノボちゃん。なぜか、秋本えりか女史がネッをあげている。

進藤森夫《もりお》……マリ子の失恋の相手。

といった按配《あんばい》だが、このほか、なぜか「下巻と第二章」の小説しか書かない武内青年や、通いのお手伝いさんで「早《は》よ去《い》の去《い》の」のお牧さん、さゆりのボーイフレンドのイナダくん、鼻占いの坊《ぼん》さんに至るまで、みんな、みごとに息づいているのだ。

なかでもヴィヴィッドなのが、マリ子の眼を通して語られる女流作家の秋本えりかで、これがまた、実際の田辺聖子さんを戯画化したような人物に描かれているから、ココロニクい。田辺さんは、この小説を書くことで、あるいはご自分を揶揄《やゆ》してみせたのだろうか？

それは、まあ、ともかく――

作中の秋本えりかは、

「毎日が締め切り日」

といった人気作家であるのをよいことに、人生の〝戦友〟ともいうべき亭主の鉄人・ねむり犀をホッタラカシにしている。いや、それだけではない、ご亭主がちょいと家を明けるや、烈火のごとく怒って、

「あんたみたいなボサーッとした、石のダルマのような人間は、家にいてじっとテレビのお守りでもしていればいいのだッ！　大女流作家・秋本えりか大先生の夫、という肩書で社会に出ればうやうやしく扱われ、やっと人なみに見られるのだ。夫というものは、家に帰ればいつもいるもの、妻にさからわず、妻の邪魔をせず、要るときだけ、前へ出てくるもの、勝手にかげで自由行動することは許さん！　離婚の、蒸発の、とそういう自由も許さん……」

と、荒れ狂う。

しかし、考えてみると、いや、考えてみるまでもなく、こうしたセリフは、ふつうの家庭では、ふつうの夫がふつうの妻に浴びせている、ごくふつうのセリフではないか。もちろん、田辺さんは、そのへんのことはちゃんと計算したうえで、攻守ところを代えさせているわけで、ここらあたりが、田辺さんの、田辺さんたる所以《ゆえん》でもある。

ついでに言うなら、

「田辺さんの小説」

といえば、一般にユーモア小説とみられているようだけれど、その「ユーモア小説」について、田辺さん自身は、

「私はユーモアというのは、やさしさ、思いやり、ということだと思っている。そういうものをもっている人をこそ、真に教養ある人というものだから、ユーモアと教養を結びつけてもよい。

したがって私自身としては、ユーモア小説を書いているというより、教養小説を書いているつもりである」（エッセイ集『篭《かご》にりんごテーブルにお茶…』）

と、述べている。田辺さんとしては、攻守ところを代えさせたところに、意味をもたせているわけである。

そして、それも、まあ、ともかく——

モンダイは、明田マリ子の恋だ。マリ子は、なんども繰り返すようにハイ・ミスで、「ハイ・ミスというものは、意地がわるいものだ。意地が悪くなくてハイ・ミス商売が張っていけるか」

と独語するような負けん気の女性だが、人生の達人でもある田辺さんは、そうしたマリ子の心の動きに、ドラマをみているようなフシがある。

その証拠に、わが明田マリ子は、自分のもとを去っていった男のことを、はじめの

部分で、

「森夫は私より一つ下であるが、私には、とてもしっくりと合う男で、ライターや手鏡のように日常使い慣れた、扱い慣れた道具のような感じだった。あんまり、生活も男も、私の人生にスッポリ、所得《ところえ》ておさまっていたため、ことさら結婚というかたちにならなくても、私は充分、満足して、この世を楽しんでいた。

そうして、同僚ハイ・ミスたちに優越感をもっていた」

と回想しているのである。ここには、言っちゃナンだが、

「自分の人生は、自分で選んできた」

という賢い女の自負がある。

それが、コト志《こころざし》とちがって挫折《ざせつ》してしまうのは、これはもう、仕方がない。しかし、その挫折を、そのままにしておいてよいものか、どうか——と考えるのは、また、人それぞれの人生でもあろう。

ただ、田辺さんは、

「そのままにしておいてはいけない」

と考える人たちが好きなのだ。そうして、そういうふうに考えている人たちに、

「こういう生き方もあるのよ」

と、面白おかしい話を聞かせてくれるのである。

そういう意味で、

「あんた、朝ごはんぬき？」

という、この小説の結びの文句は、じつに象徴的だ。マリ子によれば、それは、

「まだ独身か？」

ということだそうだけれど、このわたしには、

「さ、また生きていこ」

というふうにも聞こえて、思わず心はずむのだ。

（昭和五十四年十月、コラムニスト）

この作品は昭和五十一年九月実業之日本社より刊行された。

田辺聖子著 文車日記

古典の中から、著者が長年いつくしんできた作品の数々を、わかりやすく紹介し、そこに展開された人々のドラマを語るエッセイ集。

田辺聖子著 孤独な夜のココア

心の奥にそっとしまわれた甘苦い恋の記憶を、柔らかに描いた12篇。時を超えて読み継がれる、恋のエッセンスが詰まった珠玉の作品集。

田辺聖子著 姥ざかり

娘ざかり、女ざかりの後には、輝く季節が待っている——姥よ、今こそ遠慮なく生きよう、76歳〈姥ざかり〉歌子サンの連作短編集。

田辺聖子著 新源氏物語（上・中・下）

平安の宮廷で華麗に繰り広げられた光源氏の愛と葛藤の物語を、新鮮な感覚で「現代」のよみものとして、甦らせた大ロマン長編。

田辺聖子著 姥勝手

老いてこそ勝手に生きよう。今こそヒト様に気がねなく。くやしかったら八十年生きてみい。元気いっぱい歌子サンのシリーズ最終巻。

田辺聖子著 田辺聖子の古典まんだら（上・下）

古典ほど面白いものはない！『古事記』『万葉集』から平安文学、江戸文学……。古典をこよなく愛する著者が、その魅力を語り尽す。

幸田文著　**父・こんなこと**

父・幸田露伴の死の模様を描いた「父」。父と娘の日常を生き生きと伝える「こんなこと」。偉大な父を偲ぶ著者の思いが伝わる記録文学。

幸田文著　**流れる**　新潮社文学賞受賞

大川のほとりの芸者屋に、女中として住み込んだ女の眼を通して、華やかな生活の裏に流れる哀しさはかなさを詩情豊かに描く名編。

幸田文著　**おとうと**

気丈なげんと繊細で華奢な碧郎。姉と弟の間に交される愛情を通して生きることの寂しさを美しい日本語で完璧に描きつくした傑作。

幸田文著　**木**

北海道から屋久島まで訪ね歩いた木々との交流の記。木の運命に思いを馳せながら、鍛え抜かれた日本語で生命の根源に迫るエッセイ。

幸田文著　**きもの**

大正期の東京・下町。あくまできものの着心地にこだわる微妙な女ごころを、自らの軌跡と重ね合わせて描いた著者最後の長編小説。

幸田文著　**雀の手帖**

「かぜひき」「お節句」「吹きながし」。ちゅんちゅんさえずる雀のおしゃべりのように、季節の実感を思うまま書き留めた百日の随想。

小池真理子著

欲　望

愛した美しい青年は性的不能者だった。決してかなえられない肉欲、そして究極のエクスタシー。あまりにも切なく、凄絶な恋の物語。

小池真理子著

蜜　月

天衣無縫の天才画家・辻堂環が死んだ――。無邪気に、そして奔放に、彼に身も心も委ねた六人の女の、六つの愛と性のかたちとは？

小池真理子著

恋

直木賞受賞

誰もが落ちる恋には違いない。でもあれは、ほんとうの恋だった――。痛いほどの恋情を綴り小池文学の頂点を極めた直木賞受賞作。

小池真理子著

浪漫的恋愛

月下の恋は狂気にも似ている……。禁断の恋の果てに自殺した母の生涯をなぞるように、激情に身を任す女性を描く、濃密な恋物語。

小池真理子著

無　伴　奏

愛した人には思いがけない秘密があった――。一途すぎる想いが引き寄せた悲劇を描き、『恋』『欲望』への原点ともなった本格恋愛小説。

小池真理子著

玉虫と十一の掌篇小説

短篇よりも短い「掌篇小説」には、小さく切り取られているがゆえの微妙な宇宙が息づく。恋のあわい、男と女の孤独を描く十一篇。

佐野洋子著

ふつうがえらい

嘘のようなホントもあれば、嘘よりすごいホントもある。ドキッとするほど辛口で、涙がでるほど面白い、元気のでてくるエッセイ集。

佐野洋子著

がんばりません

気が強くて才能があって自己主張が過ぎる人。あの世まで持ち込みたい恥しいことが二つ以上ある人。そんな人のための辛口エッセイ集。

佐野洋子著

シズコさん

私はずっと母さんが嫌いだった。幼い頃からの母との愛憎、呆けた母との思いがけない和解。切なくて複雑な、母と娘の本当の物語。

佐藤多佳子著

しゃべれども しゃべれども

頑固でめっぽう気が短い。おまけに女の気持ちにゃとんと疎い。この俺に話し方を教えろって？「読後いい人になってる」率100％小説。

佐藤多佳子著

サマータイム

友情、って呼ぶにはためらいがある。だから、眩しくて大切な、あの夏。広一くんとぼくと佳奈。セカイを知り始める一瞬を映した四篇。

佐藤多佳子著

黄色い目の魚

奇跡のように、運命のように、俺たちは出会った。もどかしくて切ない十六歳という季節を生きてゆく悟とみのり。海辺の高校の物語。

白洲正子著　日本のたくみ

歴史と伝統に培われ、真に美しいものを目指して打ち込む人々。扇、染織、陶器から現代彫刻まで、様々な日本のたくみを紹介する。

白洲正子著　西　行

ねがはくは花の下にて春死なん……平安末期の動乱の世を生きた歌聖・西行。ゆかりの地を訪ねつつ、その謎に満ちた生涯の真実に迫る。

白洲正子著　いまなぜ青山二郎なのか

余りに純粋な眼で本物を見抜き、あいつだけは天才だ、と小林秀雄が嘆じた男……。末弟子が見届けた、美を呑み尽した男の生と死。

白洲正子著　白洲正子自伝

この人はいわば、魂の薩摩隼人。美を体現した名人たちとの真剣勝負に生き、ものの裸形だけを見すえた人。韋駄天お正、かく語りき。

白洲正子著　両性具有の美

光源氏、西行、世阿弥、南方熊楠。美貌と知性で名を残した風流人たちと「魂の人」白洲正子の交歓。軽やかに綴る美学エッセイ。

白洲正子著　私の百人一首

「目利き」のガイドで味わう百人一首の歌の心。その味わいと歴史を知って、愛蔵の元禄時代のかるたを愛でつつ、風雅を楽しむ。

江戸アルキ帖

杉浦日向子著

日曜の昼下がり、のんびり江戸の町を歩いてみませんか――カラー・イラスト一二七点とエッセイで案内する決定版江戸ガイドブック。

風流江戸雀

杉浦日向子著

どこか懐かしい江戸庶民の情緒と人情を、「柳多留」などの古川柳を題材にして、現代の浮世絵師・杉浦日向子が愛情を込めて描く。

百物語

杉浦日向子著

江戸の時代に生きた魑魅魍魎たちと人間の、滑稽でいとおしい姿。懐かしき恐怖を怪異譚集の形をかりて漫画で描いたあやかしの物語。

一日江戸人

杉浦日向子著

遊び友だちに持つなら江戸人がサイコー。試しに「一日江戸人」になってみようというヒナコ流江戸指南。著者自筆イラストも満載。

ごくらくちんみ

杉浦日向子著

とっておきのちんみと酒を入り口に、女と男の機微を描いた超短編集。江戸の達人が現代人に贈る、粋な物語。全編自筆イラスト付き。

杉浦日向子の食・道・楽

杉浦日向子著

テレビの歴史解説でもおなじみ、稀代の絵師にして時代考証家、現代に生きた風流人・杉浦日向子の心意気あふれる最後のエッセイ集。

唯川恵著

夜明け前に会いたい

その恋は不意に訪れた。すれ違って嫌いになりたくて、でも、世界中の誰よりもあなたを失いたくない——純度100％のラブストーリー。

唯川恵著

恋人たちの誤算

愛なんか信じない流実子と、愛がなければ生きられない侑里。それぞれの「幸福」を掴むための闘いが始まった——これはあなたの物語。

唯川恵著

「さよなら」が知ってるたくさんのこと

泣きたいのに、泣けない。ひとりで抱えてるのは、ちょっと辛い——そんな夜、この本はきっとあなたに「大丈夫」をくれるはずです。

唯川恵著

ため息の時間

男はいつも、女にしてやられる——。裏切られても、傷つけられても、性懲りもなく惹かれあってしまう男と女のための恋愛小説集。

唯川恵著

人生は一度だけ。

恋って何？　愛するってどういうこと？　友情とは？　人生って何なの？　答えを探しながら、私らしい形の幸せを見つけるための本。

唯川恵著

100万回の言い訳

恋愛すると結婚したくなり、結婚すると恋愛したくなる——。離れて、恋をして、再び問う夫婦の意味。愛に悩むあなたのための小説。

新潮文庫最新刊

高橋由太著

新選組はやる

妖怪レストランの看板娘・蕗が誘拐された！蕗を救出するため新選組が大集結。ついでに妖怪軍団も参戦で大混乱。シリーズ第二弾。

早見俊著

諏訪はぐれ旅
―大江戸無双七人衆―

家康の怒りを買い諏訪に流された松平忠輝。その暗殺を企てる柳生十兵衛の必殺剣を無双七人衆は阻止できるか。書下ろし時代小説。

吉川英治著

新・平家物語（十七）

壇ノ浦の合戦での激突。潮の流れを味方につけた源氏の攻勢に幼帝は入水。清盛の死後わずか四年で、遂に平家は滅亡の時を迎える。

九頭竜正志著

さとり世代探偵のゆるやかな日常

ノリ押し名探偵と無気力主人公が遭遇する休講の真相、孤島の殺人、先輩の失踪。イマドキの空気感溢れるさとり世代日常ミステリー。

里見蘭著

暗殺者ソラ
―大神兄弟探偵社―

悪党と戦うのは正義のためではない。気に入った仕事のみ高額報酬で引き受ける、「自己満足探偵」4人組が挑む超弩級ミッション！

法条遥著

忘却のレーテ

記憶消去薬「レーテ」の臨床実験中、参加者が目にした死体の謎とは……忘却の彼方に隠された真実に戦慄走る記憶喪失ミステリ！

朝《あさ》ごはんぬき？

新潮文庫　　た－14－6

昭和五十四年十二月二十五日　発行
平成二十七年　四月　三十日　三十刷改版

著者　田《た》辺《なべ》聖《せい》子《こ》

発行者　佐藤隆信

発行所　株式会社　新潮社

郵便番号　一六二―八七一一
東京都新宿区矢来町七一
電話　編集部(〇三)三二六六―五四四〇
　　　読者係(〇三)三二六六―五一一一
http://www.shinchosha.co.jp

価格はカバーに表示してあります。

乱丁・落丁本は、ご面倒ですが小社読者係宛ご送付ください。送料小社負担にてお取替えいたします。

印刷・錦明印刷株式会社　製本・錦明印刷株式会社

ISBN978-4-10-117506-5　C0193